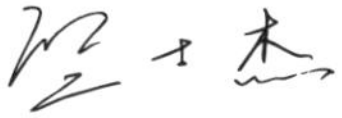

一名大国工匠，要能够团队作战，带动团队一起创新，并培养、发掘出更多工匠来。

"大国工匠人物传"丛书

竺士杰

在高空"穿针引线"

刘浏◎著

中国工人出版社

国之大者，工匠先行

——“大国工匠人物传”丛书总序

在中华全国总工会成立100周年之际，全国总工会宣传教育部、中国报告文学学会、中国工人出版社联合开展了“文艺工作者走基层”活动，推出“大国工匠人物传”丛书，向全国总工会献礼，向广大劳动者致敬！

“知者创物，巧者述之守之，世谓之工。百工之事，皆圣人之作也。”这是中国所见年代最早的关于手工业技术文献《考工记》中对工匠的记载。“工”之责在于造物，“匠”者为能工鼎识者也。

幼时，老家云南昆明大板桥的老街上，从南头到北头，都是大大小小的手艺人，木匠、石匠、焗匠、骟匠、竹篾匠、鞋匠、箍桶匠……空气中飘荡着木匠的刨花香和石匠敲打出来的粉尘，充满着焗匠手中皮带的“吱扭扭”声、骟匠刀下小猪猡的闷哼、箍桶匠皮锤不轻不重的敲击声。老街上的竹篾匠是我的一个表姨夫，他来自四川，有着一手出神入化的编造竹篾手艺。粗壮的毛竹是表姨夫手中的“百万雄兵”，在一把锋利无比的刀的指挥下，被劈成厚薄、粗细不一的篾。表姨夫的本领仅次于撒豆成兵的天神，他能化篾成物，一般家里能见到、用到的器物，他都能用竹篾编出来。母亲曾命我在老街上买一个暖水瓶的内胆，然后去表姨夫的摊位上，坐等他为暖水瓶胆编制一件竹制的外壳。那个暖水瓶至今还在我家老屋的一个角落里。竹篾壳早已被岁月包了浆，虽然久不使用，却依然油润、红亮。这便是我幼时对匠人的记忆。

五千多年的中华历史长河中，涌现出了无数能工巧匠，他们或如明月光照，或如星河璀璨。一代代薪火相传的工匠精神，不仅成就了那些流芳百世的绝世建筑与器物，更是烛照我们通向文明现代化进程的精神之光，是我们文化的自信心、民族的根与魂。

从“嫦娥”探月到“祝融”探火，从“北斗”组网到“蛟龙”深潜，从港珠澳大桥横跨三地到大兴国际机场凤凰腾飞……这些挺起中华民族脊梁的大国重器、世纪工程背后，无不凝聚着万千工匠的心血和汗水，映照着工匠们孜孜以求、拼搏奋进的身影。

本套丛书收录的是全国总工会历年评选出的大国工匠

的人物传记。他们当中有焊接高铁的“工人院士”李万君、打破国外高端设备维修垄断的王树军、让中国锻件立于世界之巅的刘伯鸣、“人刀合一”的顶级钳工李凯军、在高空“穿针引线”的竺士杰、油田里的创新能手刘丽、了不起的“钢铁裁缝”艾爱国、数控机床上的“雕刻师”孟维、让三星堆文物“活”起来的郭汉中……他们有的是传统加工业的锻造者，为了突破技术瓶颈精益求精；有的是新兴制造业的探路者，为了实现精密制造巧思妙想；有的是军工行业的铸剑者，为了打造国之重器默默坚守；有的是民间手工艺的守护者，为了传承非遗文化精雕细琢……他们奋战在国防军工、装备制造、传统工艺等行业的第一线，以久久为功的钻研和创新，造就了一个个传奇。

这些杰出的工匠，尽管行业不同、岗位不一，成长经历各异，但他们都有着爱党爱国、敬业奉献、创新争先的优秀品质。他们耐得住清贫与寂寞，用灵巧的双手和精湛的技艺，数十年如一日地在平凡的岗位上雕琢自己心中的梦想，以实际行动诠释着“执着专注、精益求精、一丝不苟、追求卓越”的工匠精神。“天下大事，必作于细。”工匠精神既是中华民族技艺世代传承的价值理念，又是中国开启新征程，从制造业大国迈向制造业强国的时代需要。

“大国工匠是我们中华民族大厦的基石、栋梁。”2024年3月5日，习近平总书记参加十四届全国人大二次会议江苏代表团审议时强调“树立工匠精神”，指出“没有金刚钻，揽不了瓷器活”，要“把第一线的大国工匠一批一批培养出来”。党的十八大以来，习近平总书记对建设高素质劳动大军高度重视，强调“当代工人不仅要有力量，还要有智慧、有技术，能发明、会创新，以实际行动奏响时代主旋律”，深刻阐述工匠精神“执着专注、精益求精、一丝不苟、追求卓越”的内涵要义，号召全社会弘扬工匠精神，“为全面建设社会主义现代化国家、实现中华民族伟大复兴的中国梦提供有力人才和技能支撑”。

“匠心聚，百业兴。”无论是传统产业，还是新兴产业、未来产业，大国工匠在发展新质生产力的历史进程中不可或缺。随着经济发展方式转型和产业结构升级，中国要实现由制造大国向制造强国的转变，实现由中国制造向中国创造的跨越，离不开广大劳动者的创新和创造，更离不开对工匠精神的继承和发扬，于是呼唤更多大国工匠成为时代强音。

文艺是时代进步的号角，最能代表一个时代的风貌，最能引领一个时代的风气。中国报告文学学会、中国工人出版社联袂推出“大国工匠人物传”丛书，以图书的形式为大国工匠树碑立传，让他们的故事和精神具有更广泛的交流传播价值和长久的史料价值。本套丛书的写作者奔赴大国工匠生活的城市，深入大国工匠工作的厂区、车间、工作室，获取了全面细致的第一手材料，最终将大国工匠的成长、成才故事呈现在读者面前。

“大国工匠人物传”丛书讲述的是个人奋斗史，也描绘出大国工匠的群体形象。可以说，这套丛书是目前国内系统研究众多大国工匠人生轨迹的权威读本，既有对每位大国工匠的整体介绍和事迹梳理，又有具体的事件、案例，全面、生动地展示了大国工匠各个人生时期的工作和生活状态。

新时代是奋斗者的时代，中国式现代化建设新征程这一宏伟事业为广大工匠技能人才成就梦想提供了广阔舞台。每位劳动者都是主角，都可以成为工匠精神的践行者。大国工匠是新时代的最美奋斗者，更是和平年代当之无愧的英雄。

国之大者，工匠先行，向着中华民族伟大复兴的目标砥砺奋进，行稳致远。

是以为序。

目　录

第一章 差生的春天

在母亲肚里待了十一个月，竺士杰才迟迟坠地。由于孕期发育不佳，出生时竺士杰只有五斤三两。

竺士杰从小体弱多病，中学时期学习成绩也不出色。他并不是不爱学习，也不是调皮捣蛋，只是记忆力不行。每每涉及背诵的科目，他的成绩就不好。语文需要背诵的课文和古文、英语需要默写的单词，别的同学花上一点时间就能过关，可是他无论怎么背，就是记不住。“从小到大，没有一篇课文能背下来”，他对背诵的恐惧一直延续到工作以后。

语文老师摇头，英语老师摇头，政治老师也摇头。

幸好，教数学的班主任钱老师对竺士杰不离不弃。竺士杰是钱老师大学毕业后带的第一届学生，这位年轻的老师给予竺士杰非常多的关心，就像黑暗里一束微弱的光，温暖了这位初中生的心。钱老师帮助他建立自信，鼓励他坚持学下去。钱老师的眼神那么坚定，坚定到竺士杰开始思考自己是不是真的可以像老师说的那样成为有用的孩子。随着数学成绩慢慢变好，竺士杰开始相信，原来自己也有机会向着成为老师口中“有出息的人”而努力。

只有一门课，竺士杰是不用活在“别人家孩子”的阴影下的，那就是体育。别人家的孩子在想奥数有没有得奖、重点中学能不能分进好班……而竺士杰担心的是成绩有没有又拖班级的平均分。唯有在体育老师眼里，竺士杰是一个宝——跳绳一分钟 220 下，初中三年一直是中、长跑校队主力队员——搞运动的好苗子。竺士杰天生个头大，有力气，学动作一学就会，又特别灵巧，老师推荐他练习投掷。投掷是力量与技巧的结合，光有蛮力没用，要把力恰到好处地发挥出来，就需要技巧配合。体育老师不用教，只要示范动作给竺士杰看，他就能明白十之八九，再稍微点拨一下，他就能基本掌握动作要领了。竺士杰在铅球、铁饼等项目得过宁波市职业技术学校选拔第一名的成绩，代表宁波市参加过浙江省的职业技术学校学生运动会并获得较好的名次；参加工作后自学游泳，荣获宁波游泳中心业余组的“金海豚”称号；在宁波市职工运动会自行车慢骑比赛中获得冠军。

严重的偏科，让竺士杰在中考时面临艰难的抉择。究

1997 年 4 月，浙江省职业技术学校第三届省运会宁波代表团主力获奖队员合影（左二为竺士杰）

竟是考高中，还是读技校？上高中，看起来体面，父母和别人讲起自己孩子时有面子，倘若再能考上个好大学，那就更光宗耀祖了。但是，那些可预见的大量背诵、写作文、阅读、练习题，他想想就恐惧，何况争取上到普通高中，要费九牛二虎之力，考上好大学更是希望渺茫。另一条出路，就是上个技校。比起记忆力，竺士杰的运动能力和学习技能的能力更胜一筹。

上天给你关了一扇门，却为你打开了一扇窗。

初中毕业照（四排左六为竺士杰）

竺士杰自幼在港口边听着甬江上的汽笛声长大。他的家宁波江北区玛瑙路六十七弄十一号，离当时的轮船码头不到 200 米。

父亲是一个优秀的电工，在宁波的建筑公司工作，是整个公司里电气维修技术最好的师傅，有很多徒弟。父亲只要在家，就会摆弄电焊枪、电容、电路板、电阻等电子器件，家里的收音机、电视机、有源音箱喇叭等很多家电器件都出自父亲之手。从小，竺士杰就认为当技术工人很厉害!

考技校，当技术工人!

中考前，竺士杰与母亲商量后决定，为儿时的梦想努力。他就考宁波港技工学校，学习港机驾驶专业。报考的时候，他就是冲着“驾驶”两个字去的。

竺士杰喜欢驾驶，小时候最喜欢的玩具就是汽车模型。父亲从上海打工回来，买了一整套汽车模型玩具，小轿车、吉普车、公交车，等等。在这堆车子里，他最喜欢的是一辆红色的大卡车，因为大卡车可以装很多“货物”，弹珠球、沙子、小泥……他把这些货物都装上这辆车，每天推来推去“运货”。想象着，将来长大了，自己可以驾驶真正的卡车载着货物满世界跑。

1997 年 6 月，竺士杰刚到公司实习时见到公司新采购的雄伟的诺尔桥吊正在上岸的场景

以梦为马，有了明确的报考目标后，竺士杰学习起来就更有动力了。宁波港技工学校的录取分数线可不低，与普通高中差不多。竺士杰规划着自己的备考计划——语文、英语、政治这些自己不擅长的科目，硬着头皮也要尽力学；数学、物理、地理、体育这些科目，就争取更高的分数，自加砝码地刷题和练习。

直到接到宁波港技工学校的录取通知书，竺士杰一直绷着的神经才终于松开。他高兴极了，圆梦理想的学校。可别高兴得太早了！他还没做好心理准备，技工学校冰火两重天的生活便接踵而来。

还是未能躲过语文、英语这些科目。技校一年级，竺士杰像是又回到了初中一般。他整日恐惧于背诵和记忆，越害怕就越想逃避，越不行就越自卑。班主任董老师无奈之下找到竺士杰的母亲，说这孩子读书太不努力。母亲的眉头皱了起来，听着老师反馈自己孩子的学习成绩，除了点头，也插不上什么话。

这不是竺士杰第一次因为学习成绩不好家长被叫到学校了，从小学到初中，他反反复复地听着老师们、家长说自己“学习不努力”。

多年以后，竺士杰才知道，自己并不是“不努力”，而是先天的生理原因导致记忆力不佳。这都是后话。而彼时的竺士杰很多年生活在熟悉的否定声中。

他在等一个机会。

当初选择技校，竺士杰就知道要学的课程不可能像普通高中那样全是语文、数学、英语这些科目。他在等待学习技术，盼望着那些真正动手操作的科目。

二年级后，内燃机拆装、制图、电工、钳工等这些课程开设了，竺士杰终于找到了快乐源泉。

差生的春天，来了！

学习开叉车、牵引车，竺士杰的特长开关被打开了，一发不可收拾。他学起来又快又好。老师们的表扬多了，同学们的称赞多了，母亲脸上的笑容也多了，就连自己的性格也变得开朗起来。他和同学们上台表演小品，运动会上更充满了他矫健的身姿。

下一个春天到来时，竺士杰已经彻底摘掉了“差学生”的帽子。

技校实习时，要求同学们进港区操纵大型机械。竺士杰的天分就更加被释放出来了。在20多个实习学生里，他总是学得最快的、开得最好的，甚至在实习期就能帮师父干活了。师父去休息，他来干，交给他干，师父也非常放

宁波港技工学校 951 班篮球队获得学校篮球联赛冠军队员合影（后排左三为竺士杰）

2001 年 6 月，竺士杰（正在投篮者）代表操作部参加公司篮球赛

心，这个虎头虎脑的学生给单位的领导留下了深刻印象。实习期考试，竺士杰拿了满分。

要知道技校招考时，100 名学生中，竺士杰只能排到 80 多名。而三年之后，他竟以全校第 24 名的优异成绩毕业了。

第二章 二次抉择

18 岁的竺士杰从技校毕业，顺利被宁波港北仑国际集装箱公司第一批招工。

江南的 12 月，本是湿冷入骨的，但竺士杰觉得，这一年的冬天比以往的任何一年冬天都温暖。穿上崭新的工作服，戴上正式员工的安全帽，他抬头挺胸，阔步走进宁波港北仑国际集装箱公司。此时，一种奇妙的感觉油然而生——儿时就常听到的汽笛声，此时更加洪亮了；儿时就能远眺到的港务机械们，怎么更加宏伟了？哦，原来是因为自己已经不再是旁观者，而是其中的一分子了啊！

令人更高兴的是，竺士杰以优异的学习成绩、操作成绩和较好的视力及身体素质，被分配到龙门吊班，学习驾驶龙门吊操作。

龙门吊，学名“门式起重机集装箱场吊”，是桥架通过两侧支腿支撑在地面轨道上的桥架型起重机，主要用于室外的货场、料场货、散货的装卸作业，是集装箱码头的第二大操作机型。龙门吊的工作是在场地里把集装箱吊来吊去，摆放在不同的位置及叠放不同层高的集装箱，以及把集装箱吊装到集装箱卡车上。

一上班，公司就安排竺士杰操作这么大型的设备，可不让他高兴嘛。记得，当时一同招工的同学总共 40 人左右，有 20 多人被分配去开叉车和当修理工了，只有 10 多人被分配到龙门吊岗位。

在从小就被老师嫌弃、被同学看不起的状态中生活了那么多年，毕业后被分配到龙门吊岗位，对于竺士杰来说，这岂止只是一份工作的意义呀！听惯了表扬的“别人家的孩子”，哪能体会到自己终于有一处能被认可的感受呀！

想到曾经，因为背诵不出课文遭到老师的批评，因为学习成绩不好遭到父母的训斥，因为提心吊胆拖累班级而以泪洗面，那个沉默、胆小、自卑的自己，在 1998 年 12 月 10 日这一天，竺士杰终于和那个自己永远地说再见了。

开心之余，竺士杰也有点小遗憾，因为一同分配的人中还有五六个人去了桥吊岗位。桥吊是集装箱公司个头最大、操作要求最高、最有技术含量的一个操作岗位。

龙门吊的驾驶室离地面有 20 多米，记得跟着师父第一次上龙门吊，竺士杰徒手攀爬进入驾驶室，看到里面那一大排按钮，底下堆的五层高的集装箱和那个一直在晃动的吊具，顿时令他有种无从下手的感觉。师父耐心教导，操作龙门吊时需要通过调整吊具的位置和角度，将吊具上的四个锁头对准集装箱上手机大小的锁孔，当四个锁头全部对准后，将吊具上的锥形锁头同时插入集装箱锁孔中，完成着箱闭锁后，才能将集装箱吊起来。师父形象地比喻说龙门吊司机是在高空中完成“穿针引线”的工作。

第一次吊箱，竺士杰经过几次努力，花了四五分钟终于吊起了第一个箱子。这离他能自如地操控龙门吊，成为师父的得力助手只有三个月的时间。一般学习龙门吊的练习周期需要花六个月时间，而竺士杰只用了一半的时间。

很快，竺士杰就成为令师父高看一眼的学徒，就连同事们都会以他为中心一起交流。

被捧在手心上的感觉，好陌生，却好幸福呀。竺士杰第一次那么喜悦地体会到自己被关注、被认可，这种感觉真是太好了。

因为熟练的操作获得了大家的认可，竺士杰在龙门吊岗位上找到了自信心和存在感。又因为他动手能力强，在操作机器时特别有感觉，所以就比一般的学徒同事相对来说更容易上手。在很短的时间里，他的每月计件收入已经可以达到 4000 元了。

对于一个刚走出校园、年纪只有十八九岁的小青年来说，能在 20 世纪末拿到每月 4000 多元的收入，这该多令人高兴呀。

住宿是在公司的员工宿舍，休息日回家就乘坐公司免费的班车巴士，平时吃饭就是公司的员工食堂。除了在兴趣爱好上投入了一些时间，竺士杰把全部的精力都用在思考如何可以做得更好上。他始终觉得有个力量在驱使自己，要做得更好、再好，比别人做得更出色，以至于要好到跨过自己内心的那道门槛儿。

那道门槛儿是什么？

第二次抉择出现了。

第一次是在上普通高中和技校之间，选择一条更适合自己的路。而这一次，竺士杰的选择让许多人费解。

开龙门吊不到一年的时间，竺士杰对操作已经极为熟悉，效率很高，收入可观，他已经实现了儿时成为技术工人的梦想，并且这个梦想完成得很不错。

如果就这样继续下去，就不会有接下来的故事了！

24岁的竺士杰到新公司港吉公司第一次操作大型桥吊，晚班开工前，在离地52米的高空桥吊机房门口留影

在当时竺士杰的思维中，他就已经发现龙门吊的操作相对来说是简单的，老是在重复操作的话，是否将来有可能会被智能化替代？当时他所在的北一集司是宁波舟山港第一个专业的集装箱码头，相对来说起步比较早，与后来几家建起来的码头相比，无论是规模还是机器设备的性能，都是有差距的。危机感可能也是在那时在他心里生发出来的。

学桥吊！学桥吊！学桥吊！

桥吊，又叫集装箱岸边吊。桥吊司机在港口作业的所有重型机械工种中是最受人尊敬的，因为操作桥吊的难度是最高的。

这一次，竺士杰是主动、迫切地作出了选择。在驾轻就熟的龙门吊岗位拿着高收入和放弃取得的成绩从头开始，向更有难度的桥吊岗位挑战之间，他毅然决然地选择了后者。

这是一个好的选择吗？

学桥吊，意味着要从学徒干起，只能拿基本工资五六百元。这与已经稳定的4000多元的月收入相比，是一个比较大的落差。

对于竺士杰的选择，同事们并不理解。

2000 年 5 月，刚学开桥吊，两位初中好友来看望竺士杰（左一），上桥吊的合影。（这是竺士杰唯一一张刚学桥吊时的留影）

只有竺士杰自己知道，这一次的选择自己是有多么坚决。不是因为考虑周到了，而是因为并没有想太多。学习更有挑战性的技能——他就想这个。至于收入嘛，学会桥吊以后再看。

一门心思的，竺士杰就是要学更有挑战性的桥吊！

驾驶桥吊讲究个人能力和操作技术。要知道，优秀的桥吊司机是船时效率的保证，也是整条作业线上大家计件收入的保证。因此，成为一名优秀的桥吊司机是非常受人尊重的。

年轻，就要敢冲！

操作龙门吊虽然能获得自信和内心满足，但还不够！他不仅需要被认同，还想要不断地挑战。多少次，竺士杰看到港区里桥吊驾驶员操作“巨大”的桥吊，心里别提多羡慕了。

为了有机会去开桥吊，竺士杰专门跑到操作部领导那儿提交了申请。

1999 年 6 月，机会真的来了！当时，宁波港集装箱装卸业务开始大发展，于是公司提倡一岗多能，培养年轻操作司机，在港区推广年轻司机特别是起重类工种的司机多学一门技能。竺士杰听到消息后就第一个跑去报了名，同一批的师兄弟中只有三个人报了名。

桥吊比龙门吊难，难多了。

龙门吊是在堆场里吊，而桥吊是针对船来展开作业的，船是浮在海面上，又晃动着，操作难度可想而知。同样起吊集装箱，桥吊比龙门吊的高度增加了一倍以上。龙门吊是静态操作，桥吊则是动态操作。

竺士杰报名后不久，就开始了正式的桥吊学习。

记得第一次学习桥吊，是在一个雨雾天。高耸的大桥吊在雾气的烘托中显得特别庄严和神秘。从地面向上望去，最顶端的运动操作间时隐时现，直到集装箱被准确地吊放上卡车，这是高处的操作间里有人在施展技术。

师父不允许竺士杰坐电梯。

他是用爬的，徒手爬上十六层楼高的高空！

终于爬到！竺士杰的双脚颤抖不止，双手冰凉，脸色惨白。

“记住这个感受，”师父对他说，“不要忘记这是你自己选的。”

驾驶室是一间八平方米左右的高空作业间，下面、前面，左边、右边均是透明玻璃围挡，尤其是桥吊司机脚下，是一整面由金属与玻璃搭建的“下视面”，乍一看，会以为司机是腾云驾雾于空中施展魔法一般。且不说恐高人群了，就算是不恐高的人坐在四十米高的透明驾驶室内，腿也是会发软的。而大多数时间，桥吊司机都是低头作业，以肉眼通过“下视玻璃”观察吊具、集装箱和地面车辆的情况。

竺士杰进入桥吊驾驶室，腿也打了一个战。这比龙门吊高多了！从桥吊上，看到原来熟悉的龙门吊就跟玩具车一样，在场地里爬来爬去；而集装箱因为一层层整齐叠放，就像小朋友搭建起的积木一样。

第一次上到桥吊上，师父给竺士杰进行了演示操作。操纵杆、手柄、仪表盘、各种按钮、各种信号灯在周围环绕，竺士杰唯一的感觉就是担心。桥吊的操作难度完全超出了他的想象，何时能像师父那样操作自如，他心里一点底儿都没有。

怎么办？

选择学桥吊的挑战该如何完成？

桥吊操作的实际难度有多大？

竺士杰的头脑里快速地滚动着这些问题。

第三章 那就『从头再来』

知道竺士杰要学桥吊，一些平时关系很好的同事都来劝他。在他们看来，龙门吊比较安稳，操作比较简单，劳动强度也相对较低，凭借竺士杰现有的龙门吊技术水平，带徒弟已是眼前的事儿了，没有必要再去学桥吊。去学桥吊，一切都要“从头再来”，不仅岗位要从师父岗转到学徒岗，待遇上也只能拿学徒工资。

大家的好意，竺士杰明白。可是，他想要证明自己、挑战自己的渴望，大家能明白吗？

现在，竺士杰已经登上了桥吊，在操作间正式开始学习了。竺士杰想，其他的事情就不能再多想了，争取到这次机会，已经很不容易。选择来学，自己就要好好地学下去。

师父知道竺士杰在龙门吊的水平，他的名气也早已传到了桥吊班组。师父介绍了操作要领和操作安全注意事项后，就放手让竺士杰坐着操作，去试着吊箱子。

竺士杰第一次登上桥吊，就开始进行第一次操作尝试。手握上桥吊操作手柄的那一刻，就感到这个机器与之前自己操作的龙门吊大不相同。

竺士杰弯起腰，低下头，全身都在使劲，脸都快贴到下视玻璃上了，意念上要离被抓取的集装箱更近一些。十多分钟过去了，底下晃动的吊具就是不听他的指挥，一个劲儿地晃动。无论竺士杰怎么努力，就是没法成功吊到箱子。

汗水浸透了衣背，大颗大颗的汗珠从竺士杰的脑门上滑下。他的身体越来越僵硬，甚至全身开始酸痛，最后还是师父出手吊起了那个箱子，他的首次桥吊操作以失败告终。

竺士杰的心情有点儿糟糕，往日他是龙门吊的“种子选手”，得到了大家的称赞。而如今，首战桥吊却无功而返。

不！这不是消极的时候！

竺士杰很快将自己从失望的情绪中抽离。想想看，这只是第一次尝试而已。倘若一上来就会，那还要学习干吗？

在回家的班车上，竺士杰没有和同事聊天，而是自己找了一个后排空位坐下，闭上眼，将师父的操作画面一帧一帧地在脑海里再现。自然而然地，他将双手伸出，开始模拟操作。随着脑海中浮现的操作画面，他无实物进行操作演练。每到一个步骤，他都停下来思考这一步的动作要

27 岁的竺士杰在桥吊驾驶室工作照

领，并假设着各种所要抓取的集装箱的具体位置，一次次地进行大脑演练。

车到站了，同事们纷纷准备下车。只见竺士杰还闭着眼在那儿一个人坐着，手不时地摆动着。

“到了！”一位同事拍了拍他的肩膀。竺士杰怔了一下，一时没缓过神来。

师父流畅的操作行云流水，甩着抛物线抓取船上的集装箱，一两分钟就能完成一个集装箱的搬运。竺士杰一边向车门走去，一边心里还在想着师父的操作。只要跟着师父好好学，师父能做到的我也一定能做到。下车后，他一边往家的方向走，一边给自己加油鼓气。

自从第一次登上桥吊跟着师父学习开始，往后的日子，除了睡觉和休息，竺士杰没有一分钟不在琢磨桥吊的技术要领。研究思考了，就上手练，练习的过程中发现了新问题，就停下来想，然后再练。如此循环往复。

终于，三个月后，竺士杰把桥吊操作证书考下来了！

要知道，一般情况下，从龙门吊岗位转学桥吊操作到取得桥吊操作证书，大部分人都要六个月，如果是零基础的新手则需要一年以上的学习时间。竺士杰仅仅用了一半的时间。当初一同申请桥吊学习的三个学徒，最后只有他一个人把证考了下来。

考完证就正式上岗了。

1999年10月1日，竺士杰以桥吊司机的身份第一次上岗工作。这一天，他没能看到中华人民共和国50华诞“世纪大阅兵”的电视直播，因为直播时正好是他在49米高空桥吊操作间工作的时间。这是那天的第一个遗憾。当天的第二个遗憾，是并不尽如人意的桥吊处女秀“成绩”。当然，这个“成绩”有其特殊原因。

只要是20世纪末在港口工作过的人都知道，那码头上的桥吊机器品种多，并且参差不齐，被笑称为“八国联军”。这支“八国联军”里，有20世纪80年代进口的阿根廷产桥吊，性能已经很老旧了，有1995年左右引进的日本产桥吊，有1997年前后进口的德国产桥吊，有2000年左右来到码头上的处于起步阶段的振华国产桥吊等，不同品牌的桥吊设备，其性能差异非常大。

竺士杰学徒时，学的是阿根廷产桥吊，偶尔开开日本产桥吊，最高性能的德国产桥吊压根儿接触不到。

但是第一次正式上岗作业，排班开的竟是德国产桥吊——他从未学习过，更没开过的桥吊设备。

桥吊操作证刚刚拿到手，还热乎着，就被安排上一台

竺士杰 27 岁获得技术比武第一名后，在离地 49 米的桥吊悬臂梁上拍宣传照

从未学习、从未操作过的高性能设备，竺士杰的桥吊“处女秀”开局就不利。

那个班，竺士杰被安排需要完成180个集装箱装卸的工作量。按照竺士杰师父的速度，吊完180个集装箱，6个小时就能干完。而竺士杰在8小时的工作时间里只吊了130个。剩余50个没吊完的集装箱，只能留给晚班司机完成了。

竺士杰的心情可想而知，非常郁闷！

郁闷的原因不仅是自己并没有很好地完成装卸任务，还令竺士杰感到最愧疚的是他影响了搭班的其他同事的效益，他十分自责。

港口24小时作业时间以每8小时为一班，分为早、中、晚三班，每一个班都由1名桥吊司机、5名卡车司机、6个装卸工人、2个理货员、3个龙门吊司机共同组成一条作业线。这样一条作业线就指着桥吊司机能够快速地去装卸，带动整条作业线的效率。假如那180个集装箱的作业量由竺士杰的师父那样水平高的人来干，整条作业线就可以一起提前两个小时完成工作，提前完成工作就可以提前下班休息，装集装箱的船也可以开走了。作业线上员工的收入是按件计算，像国庆节这样的法定节假日工资还是平日的三倍，既能提早下班，又能拿三倍工资，那多好。

可是，竺士杰只吊了130个集装箱。那么，剩下来的50个集装箱要留给晚班司机加吊，给晚班的桥吊、卡车、装卸、理货、龙门吊这一条作业线的调度造成了很大的困扰。

下了桥吊，爱开玩笑的同事对竺士杰打趣说：“新一代的‘姜太公’又诞生了。”

“那种心理上的落差，当时我是受不了了的。”竺士杰回忆起那次不完美的“处女秀”，不无遗憾。他选择来到桥吊岗位，是基于一种想要被大家认可的心理。

怎么办？该怎么办？

小时候，因为记忆力不行成绩不好，被老师和家长批评。竺士杰在否定声中长大，他比任何人都清楚，被认可是多么重要。选择念技校、在龙门吊岗位精益求精、决定从头再来学桥吊、努力学习桥吊技术——他比任何人都清楚，自己经历了多少难关、克服了多少困难，才能在今天坐进桥吊操作室的位置上。

想到这里，竺士杰就知道接下来该怎么办了。

竺士杰给自己制订了学习计划，每天排班时间一到，他就第一个冲向作业线。他全神贯注地对待每一个集装箱

29 岁的竺士杰在桥吊驾驶室工作照

的吊卸工作，每一个操作自己就做一次评估，“这次操作效率如何，哪里做得不够好，应该如何改进，哪里做得不错，这个经验可以记下”。每天完成岗位工作后，他就第一时间去向师父求教，不仅请教带自己的师父，别的有经验的人也去讨教，询问他们各种设备的性能特点、不同品牌的桥吊操作技巧、在操作中遇到实际问题时的处理办法。

渐渐地，竺士杰的操作速度越来越快。

遇上别人不愿意干的困难船型或是破船的工作，竺士杰都抢着干。当时的班长教了一个办法，那就是要想提高操作技能，一定要选困难的船型作业，他就是这么过来的。当时小型船舶是公认的困难作业，于是竺士杰就专门寻找小船作业。

刚开始做小船的时候，竺士杰一个小时也就吊 20 个箱子，随着不断地练习，六个月后，已经能够一个小时起吊 30 个箱子了，这水平在整个桥吊班也能算中等偏上了。

渐渐地，竺士杰解决操作难题的能力越来越强。

桥吊班有个“龙虎榜”，每个月只有排名前十的人有资格上这个榜，竺士杰的名字慢慢有机会出现在那个“龙虎榜”上了。师父已经完全放心让他“单飞”了，他的操作水平在新手中也已经是数一数二。

桥吊班有个传统，徒弟出师后就将安排师父和徒弟搭班，两人的业绩捆绑在一起。也就是说，假如徒弟的效率低了，师父就要想办法多干点，否则两个人的业务量合起来算收益，彼此都受影响。竺士杰算是让师父省心省力的徒弟了，师父带了他半年后，他就主动和师父说：“您多休息吧，我会干的我就多干，也算自己多练习，实在不会的再请您帮忙。”老师父心里已经很清楚了，“这个徒弟今后能出来”！

竺士杰给自己定了一个小目标，在最短的时间内熟练掌握全速操作高性能设备——德国品牌桥吊，是“八国联军”设备里性能最高的，假如全速操作，可以大大提高工作效率。可是，全速操作的难度极大。一旦加快操作速度，大型集装箱被抓取后在空中的摇摆幅度可能会加大，桥吊司机无法控制集装箱摇摆的话，就无法成功装卸。有多年工作经验的师傅们都不会全速开，他们通常只以定速75% 的速度操作。可是竺士杰偏偏要攻克“100% 速度”，用他自己的话说就是，“逼着自己要去做大家做不到的，或者是自己觉得很困难的”。

竺士杰的目标是：一定要得心应手地把它干起来！

第四章 『牛顿的苹果』砸到了头上

桥吊班有个很有意思的传统，优秀的、有绝活的司机都有一个响亮的绰号，比如“大侠儿”“半仙儿”等；操作不太好的司机也有绰号，叫“姜太公”，姜太公钓鱼——愿者上钩，比喻吊得非常慢。

竺士杰刚上桥吊时，也被冠以了“姜太公”的绰号！

为了早日摘掉“姜太公”的帽子，他制订了“摘帽计划”。首先，专门找“大侠儿”“半仙儿”级别的师傅学习操作，把好的操作方法都一一记下来，跟完一个师傅再跟另外一个师傅，到操作好的师傅那里学优点。其次，也会去同为“姜太公”的操作师傅那里看，为什么吊得不快，找问题，总结解决方法。再次，勤加苦练，提高自己的操作效率。最后，向困难作业、高性能机械发起挑战，在实践中建立自信。

在桥吊岗位工作两年后，竺士杰的名字就已经常驻“龙虎榜”了。

别人都以为竺士杰已经得心应手了，可是只有他自己知道，他对桥吊操作的疑问却越来越多。

比如，很少能做到小车稳关定位一步到位；

比如，“靠箱”操作时小车推挡总会缩手缩脚，就怕挡位推过头；

比如，吊具晃动控制不住与被靠的箱子发生碰撞，发生安全事故；

……

随着中国加入世贸组织，我国的对外贸易快速发展。宁波舟山港迎来了越来越多、越来越大的货运船只。

2001 年，长度接近 320 米的法国达飞轮船被引入宁波港，给原来港口的装卸效率提出了巨大挑战。“原来装 400 个左右集装箱的船已经可以算是大船了，而法国达飞

2000 年 3 月，竺士杰学会桥吊后见到的“达飞突击队”作业场景

竺士杰在穿山港区码头工装照

轮船可以装 4000 个！”

随着法国达飞轮船进港后，桥吊作业量就更大了，公司成立了达飞突击队，招募了一帮高手操作达飞轮船业务。竺士杰是第二批进入“达飞突击队”的。

令所有师傅都为难的问题凸显出来：要在一个排班内操作不同的桥吊机器，比如上 4 个小时开德国产桥吊，下 4 个小时开日本产桥吊。而不同设备的性能差异很大，习惯一种设备后再切换到另一种设备时就很难上手，操作起来会很别扭很生硬，需要适应最起码半个小时以上才行。而且，这种适应也是一种妥协的适应，并不是大张大合游刃有余的操作，而是靠“推一下”“推一下”的试探性操作。

这种畏首畏尾的操作方式是“达飞突击队”队员们都无法回避，也无法解决的问题。

这个问题在竺士杰身上表现得比别的同事更突出，尤其是在德国产高性能设备与其他品牌设备之间的切换适应上。原因是当时竺士杰已经可以非常熟练地用全速模式操作高性能设备了，一旦再换到操作慢速起、慢速降的日本三井桥吊这样的设备，就很不适应，需要花费更多的时间做调整。

竺士杰把困惑告诉了师父，想从他那里找到解决“靠箱”稳关的方法。但是，师父也没有好的办法。他又跑遍了整个桥吊班，但大家的回答都差不多，就是不断地加强练习，除此之外也没有更好的办法。

竺士杰始终觉得这样试探性的推挡操作肯定是行不通的，因为操作司机如果非常熟练地掌握了某一种桥吊的性能，当换到另一种桥吊时肯定要调整之前操作的惯性思维，寻找另外操作推挡的节奏，这样一味地熟练操作设备性能，肯定解决不了根本问题。

只有把根本问题解决了，这个难题才能攻克。

竺士杰非常清楚，必须解决只依靠加速稳关推挡试探性的操作，来应对所有不同设备性能下的稳关操作。必须找到一种标准化的操作方法，实现精确稳关定位的操作要求。

但是，标准化的操作方法谈何容易？！

竺士杰翻遍了所有指导用书和教材，没有一本书能给他答案，更找不到一个标准化的操作方法。回想起包括自己在内的所有人在学习桥吊时的模式，确实也是如此。师父没法很清楚地跟学徒说，在哪个挡位时该怎么挂，反正就是“你看着我，我怎么做你怎么学，就行了”。

师父们很有耐心，自己演示，请学徒们在一旁观察，配合的语言就是“看着啊，这里推一点儿啊”“到这里了，搓一下”“要停了”“该轻一点儿”“可以再加一点儿”……

可是，“推一点儿”，究竟是推多少？“到这里了”，这里是哪里？“搓一下”，是怎么个搓法？“要停了”，是立刻停，还是再过多久停？什么叫“该轻一点儿”？“可以再加一点儿”是加速度，还是加距离？

……

学习桥吊时，每个人是不是都和自己一样，有这么多疑问？竺士杰更加困惑了。

当然，竺士杰属于悟性高的，不然他也不可能看着看着，靠体会师父的操作就能学会，更不可能在那么短时间内考取上岗证书、摘掉“姜太公”的帽子，甚至入选“达飞突击队”。

但是，并不是所有人都能体会到那些“推一点儿”“搓一下”“要停了”的精髓要义的。或许很多没能考取上岗证书的人，并不是他们不够努力，也不一定是他们真的操作能力不行，可能只是因为他们无法在短时间里充分理解那些“只能意会、无法言传”的技巧。

话说回来，在上半场全速开即停即行的德国机器，下半场开“慢热”性格的日本机器时，连“意会”都很难了，没有一个师父能理清楚里面的门道。德国机器可以有三种速度，每个司机习惯采用的基本速度不一样，有的只会开低速，有的喜欢开全速，有的会根据实际情况在不同的状况下换速。日本机器的性格、脾气不同，与振华桥吊的加速和减速的速度模式又不一样，在什么情况下使用什么操作，不同的师父教的都不一样。总之，要寻找一个所有人都能明白、在所有机器上都能使用的通用标准，没有！

说到底，无论哪个设备，桥吊操作的目标都是实现稳关。如何用一个标准化的方法解决稳关问题，成为萦绕在竺士杰心头最重要的事。

那段时间，竺士杰脑子里一天到晚都是吊具抛物线的运行轨迹。在单位，他继续向老师傅虚心请教桥吊设备的性能；回到家里，他上网查阅各种资料，自己一个人关在房间里琢磨。他满脑子都是小车运行后在不同的速度下吊具晃动的轨迹，甚至吃饭时、睡觉前都一直在想这个事情。

有一天，竺士杰拉住手机上面的挂绳把手机从口袋里拉出，突然灵光闪现，他发现手机像钟摆一样在眼前晃动，“对，运用钟摆原理，通过控制桥吊驾驶室平台的加、

2007 年，竺士杰担任桥吊班副大班长，开工前布置安全工作发言中

减速，稳定被吊物体”！这个思路像“牛顿的苹果”一样，砸到了他的脑袋上。

他立刻冲回家，盯住家里的时钟，看钟摆的摆动。

钟摆摆向左，眼睛跟着向左转；

钟摆摆向右，眼睛跟着向右转；

向左，向右；

向左，向右。

每一次钟摆的幅度、速度都是均匀的，就好像有一个手在控制钟摆一样，不允许它的摆度和摆速有一丝一毫的差距。

摆向左达到最高点后，就向右回摆；

摆向右达到最高点后，就向左回摆；

……

如此往复。

竺士杰立马联想到桥吊设备。如果桥吊的吊具能够像钟摆那样，司机是不是就可以像控制钟摆那样进行操控，实现稳定吊具的目的？他更加大胆地假设，假如像钟摆这样回摆的时候，司机同步的匹配减速，当垂直点出现的时候，恰好小车平台是停止下来的，那这个力完全就能够卸掉，稳关就能实现了？！

想到这里，竺士杰兴奋无比！那一晚，他彻夜难眠。

在过去长达将近1年零8个月的时间里，竺士杰都在琢磨这个事情。眼前的时钟解了他六百多天的烦恼，真是灵感来时挡都挡不住。

竺士杰焦急地等待太阳早点升起，想赶快去单位，上桥吊，试验自己的方法。

第五章 为了做试验，跌出了『龙虎榜』

第二天一早，天未亮，竺士杰就起来赶最早的班车去了港口。一个小时的车程，他一直在思考，想的和前一夜脑袋里考虑的问题一样——如何操作桥吊小车推挡稳关。

传统的稳关操作，是在吊具摇摆到幅度最大而尚未向回摇摆的瞬间，把车跟向吊具摇摆的方向。在向吊具摇摆的方向跟车时，车就通过钢丝绳传给吊具一个与吊具回摆力方向相反的力，从而抵消作用于吊具水平方向的力，消除了摇摆。跟车的距离，应该使吊具的重心恰好处于垂直位置。摆动的幅度越大，跟车的距离就越大；摆动的幅度越小，跟车的距离就越小。因此，跟车速度都不宜太慢。这样就能使吊具随着起重机平稳地运行。

竺士杰对传统操作方法在实际运用中存在的缺陷进行了总结：

一、高效率认知的缺陷：桥吊司机普遍认为大抛物线就是高效率的一种表现，实际上，大抛物线是通过小车平台在加速过程中抛掉手柄减速动作来实现的，而这种动作并没有实现高速度。

二、精确率不高的缺陷：在定点对位上，最后的稳关动作一般是通过小车延时滑行减速来完成的。由于这段滑行是不受司机精确控制的，所以在对位的精确性上存在缺陷。另外，即使是一名老司机，在更换机型或操作不熟悉的桥吊时，也都需要较长时间的适应性操作才能顺利操作。特别是学习过程中的新手，对于小车稳关操作中的推挡时机、行走速度、行走距离这三个要素，适时的匹配性操作难以掌握。

三、命中率不高的缺陷：由于稳关的不精确，吊具进夹槽时不稳定，所以需要通过起升抢挡来进夹槽。这会出现装箱进销子对位时间长，着箱命中率低等现象，从而影响作业的整体效率。

四、司机易疲劳的缺陷：进行稳关时由于频繁使用大幅度的加减速，速度落差较大。司机室在操作过程中晃动也大，就会直接影响到司机操作时的坐姿，同时命中率的降低将导致重复多余的动作，增加了司机的疲劳度。

五、桥吊易损伤的缺陷：操作时高挡低挡的频繁使用，电动机在大电流冲击下对机器各部件的损伤相对比较严重。由于稳关的不精确，操作时很容易出现靠箱时的碰撞，装箱时起升抢挡动作频繁会导致吊具震动较大，导致吊具上的电子设备故障也会增多。

来自钟摆的启示，在竺士杰的大脑中高速运转着。桥吊小车推挡稳关不仅可以使用加速稳关，是不是还可以使用减速稳关？在特定的钢丝绳的长度下，不做太多变化的情况下，吊具的运动规律能否实现稳定？

上了班车，竺士杰找到了后排较空的位子坐下，闭上眼，开始冥想减速稳关的可能性——

桥吊小车平台通过起升钢丝绳与吊具连接，将垂直的力转变为垂直力加横向的牵引力，吊具会跟着小车平台向前移动。由于吊具相对于小车平台是跟随状态，所以吊具的起步速度相对于平台小车是滞后的。由于吊具的自重与

「百姓学习之星」评奖纪录片，拍摄在码头上阅读的竺士杰

惯性，当小车平台的移动速度达到相对恒定后，吊具的行进速度在一定时间内会和小车平台存在速度差，这就是吊具出现前后摆动的根本原因。

吊具与小车平台是互动的关系，小车平台行走后，吊具会跟随移动；当小车停止后，吊具由于惯性会产生钟摆式的运动。做稳关动作的目的，是让小车平台和吊具的移动速度、移动距离相吻合，从而使小车平台与吊具钢丝绳的夹角成为垂直角。要使吊具和集装箱在空中保持垂直不晃动，就要通过精准控制小车平台的移动速度与移动距离，使其在相同的时间段里与吊具的位移距离、位移速度相吻合。

——理论上，减速稳关完全是可以实现的！

要做到“精准控制小车平台的移动速度与移动距离，使其在相同的时间段里与吊具的位移距离、位移速度相吻合”，岂是说出来就能做到的啊？在实际复杂多变的情况下，小车平台的行走时机、运行速度、行走距离、同向跟进等条件不同，对稳关结果的影响亦大不同。

因为原来操作时使用的老方法已经定型，且只用加速稳关的方法，而新的方法要引入减速稳关的方法，属于操作的逆向思维，所以操作时只能一遍又一遍地尝试。

竺士杰一到单位，就焦急地等待上机。时间一到，他立马冲向吊机。他一门心思要找到解决行走不同距离，起吊不同重量、不同的箱型种类，不同的船型结构、不同性能的设备及大风特殊天气下作业，使用加、减速稳关操作的应对办法。

实际操作时，果然遇到的具体难题更复杂。

比如，桥吊的挡位间隙很小，一不小心三挡没定住就推成了四挡；

比如，挡位选择不对，出现多余的或者大幅地超出自己预期的摆动幅度；

比如，为了寻找到合适的减速位置，试了一次不行，再试，又试，来来回回，时间拖得很长；

……

反反复复，状况不断。这一天，竺士杰的工作完成得很不顺利。他沮丧地下了机，抬头望望眼前这个大家伙，真是无语。

竺士杰垂头丧气，在回家的班车上，一言不发。他走到后排无人的位置上，闭上眼，把今天的操作又在脑海里复盘了一遍。

——挡位高、速度快，吊具回摆向垂直点的速度会很

竺士杰参加宁波市图书馆阅读“天一夜读”活动

快，回挡减速的时间需要缩短，缩短多少？不知道。

——小车平台的移动速度越快，做减速稳关时回挡的节奏越要加快，怎么加快？不知道。

——长距离行走、中长距离行走、短距离行走时，选择哪种稳关？怎么稳关？不知道。

——小车静止不动，吊具摆动，该怎么办？不知道。

带着一连串的疑问，一连串的不知道，竺士杰结束了第一天的试验。

第二天上机，一连串的疑问又来了。

竺士杰的试验再次开始。

长距离行走时，试试减速稳关。试了很多次，终于成功！

第三天上机，疑问来了，竺士杰的试验又开始了。

……

未来的几个月，竺士杰就是这样反反复复，一次次地进行各种试验。

这几个月里，竺士杰分门别类地将各种情况的操作办法进行了各种尝试。经过检验，他发现有些情况可采用不止一种方式来实现。比如中长距离行走的操作，既可以用五挡挂挡步骤，再根据不同的移动距离选择做四挡的循环或三挡的循环；还可以采用加速稳关与减速稳关相结合的方法，四挡起步后回挡至三挡，在吊具高速经过垂直点的瞬间将挡位挂回四挡，使小车与吊具保持同步行走的状态，待到达目标位前采用减速稳关的方法来完成稳关和对位。

做试验的这几个月，为了得到最准确的效果，竺士杰每次都把虎口卡在手柄上进行精确的推挡，时间一长，他的手上都磨出了血泡。

做试验的这几个月，为了获得足够多的数据，竺士杰反复验证试验结果，他不求快，只求准。

这几个月，“龙虎榜”上一直没出现过“竺士杰”这个名字。

第六章 『竺士杰操作法』诞生了

新办法的试验和使用初期，车子晃、挡位滑，简直是一塌糊涂，效率一个劲儿地往下掉，竺士杰连续几个月跌出了“龙虎榜”。

为了彻底搞明白新方法理论上是否可行，有没有继续下去的必要，竺士杰特地回到技校，寻求物理老师的帮助。

竺士杰将想法告诉了物理老师，老师当场画图进行了论证，发现竺士杰的操作方法就是利用钟摆原理，不管摆动幅度有多大，最终都要回摆经过垂直点的特点。

物理老师的肯定给竺士杰吃了一颗定心丸。

“曾经也有过想放弃的念头，但是每当新方法操作成功后，稳定下来后，又是自己内心一直寻找的这种操作效果，就会很满足，想要继续坚持下去。”和物理老师交流过后，竺士杰彻底相信，只要练习足够，熟练掌握，自己重返“龙虎榜”指日可待。

随着新方法熟练度的提高，竺士杰越来越发现，新方法对比传统方法，优势明显。原来的老方法单一加速稳关的方法推挡不够精确、使用试探性操作较频繁，导致吊机的晃动幅度较大。由于晃动中操作，就会衍生出操作着箱总是使用加速下降抢挡操作，吊具着箱的力度很不好把握，会导致吊具设备震动、碰撞，造成故障率增加，抢挡操作命中率不高，需要重新对位着箱，导致操作效率想快也快不起来，还增加了操作司机的疲劳度。而新方法只要把挡位很精确地推到位，然后把行走的距离和速度控制好，就能实现稳关定位准确率高、着箱率高，就会对吊箱的效率有很大的提升作用。

经过一段时间的适应，竺士杰已经能相对自如地应用新的操作方法，新方法非常简洁，节省了大量时间，并且操作更加平稳，定位更加准确，效率也就能很轻松地提高了。原来的老方法最快也就一个小时吊 30 个箱子左右，而用了新方法之后，轻松就能吊 40 多个箱子。这样每小时就多吊 10 多个箱子，一个排班 8 小时可以多吊近百个箱子！还有一个意外的发现，在使用新方法后，吊机的电机走得更平顺了，稳关稳得更精准了，需要抢挡的次数少了，吊具的碰撞也少了，最终使得桥吊的机械故障率也基本没有了！

“竺士杰”三个字终于重新回到了桥吊班“龙虎榜”上！从此，在公司各项比武中，他总能拔得头筹，班长指派他去做赶船期的活也越来越多，那些急、难、险、重的工作任务，也都是第一个想到他。长此以往，同事们送了个“救火队队长”的绰号给他。

另一个好消息是，因为出色的工作业绩，竺士杰获得了带徒弟的资格！那一年是 2003 年，他 23 岁。

竺士杰带的第一个徒弟，是 2003 年底收的，年纪比他还大一岁，原来是开过集装箱卡车的。

徒弟是新的，方法也是新的。那效果如何呢？

这么说吧，竺士杰用新的方法去教徒弟，因为那个时候他说不清楚新方法的动作规范，所以当时徒弟学得非常生硬，并且对竺士杰产生了质疑。徒弟问：“为什么别的师父不这么教，你要这么教？你自己又说不清楚。”可想而知，场面非常尴尬。

竺士杰呢，确实也没预料到。新方法，他自己操作起来是行云流水，可是要将这个全新的方法教给徒弟，自己又不能清晰地表述，第一次当师父，经验也不足。这些新东西、新人、新方法、新师父、新徒弟凑到一起了——“第一个徒弟带得不是很好”，竺士杰对于自己第一次当师父，打了一个不及格的分数。

恰恰是这个不及格，让竺士杰认认真真开始琢磨带徒弟的事情了。“我怎么把它说清楚，如何把自己做的跟说的对得上”，这是作为师父的竺士杰要考虑的头等大事。

2004 年初，第二个徒弟紧接而来，年纪比竺士杰小一岁。

这位徒弟在与竺士杰成为师徒前，他们本就有“关系”。第二位徒弟是竺士杰妻子的同学，他们平日里私交就很好，也都是从龙门吊转学桥吊的。

既是朋友，又是徒弟，该怎么教？该怎么教他新方法？教不好，不仅师父的身份立不住，更愧对朋友。万一又重蹈第一个徒弟的覆辙，自己过意不去，回家后妻子也一定会埋怨他。

竺士杰扪心自问，这次做好准备了吗？

“好了！”他给了自己肯定的回答。如何带徒弟，如何教徒弟新方法，他已经胸有成竹了。

竺士杰用最标准的示范先教徒弟最基础的动作，继而慢慢地增加难度，一步步去做。所有的操作，竺士杰都是一边分解动作演示，一边用标准化的语言解释。这么操作的思路是什么，目标是什么，该如何实现，长距离行走时该如何做，短距离时的不同方案如何，等等，每一步他都清清楚楚地说明，理论结合实践。

第二个徒弟学起来不仅思路很清晰，而且悟性也很高，所以很快就出师了。后来，这个徒弟还代表公司参加宁波市技术比武拿到了冠军，用的就是竺士杰教的新方法。

事实证明，竺士杰的新方法确实有效、好用。他在自己工作时，用新方法提高了效率，自己的技术水平和业务能力得到了班组的肯定；他也终于能把新方法理顺，并且能有效地传授给徒弟，徒弟用了新方法，也取得了很好的成绩。

所谓方法，就是一种以解释问题为目标的理论体系或系统，包括对问题阶段、任务、工具、技巧的论述。到第二个徒弟成功出师时，可以说，竺士杰自己的新方法成型了。

对比传统的老方法，竺士杰新方法的优势可以被概括为五个方面：

一、提高作业效率。操作简洁明了、流畅平稳，提高了着箱命中率，轻松实现了高效率操作。

二、降低作业能耗。由于着箱命中率的提高，作业中重复多余的操作动作大幅减少，提高了作业效率的同时，使吊箱作业单位的平均能耗降低。

三、减轻司机疲劳度。桥吊驾驶室在船舶和码头之间的前后移动全靠挡位控制，传统的操作手法的动作幅度比较大，给人的感觉如同汽车急刹车，司机室抖动得较为厉害，会加强司机的疲劳度。而用新方法时，挡位推动幅度小、速度衔接流畅，司机室的晃动比较小，操作时的坐姿较轻松，使司机长时间操作的疲劳程度下降。

四、降低桥吊故障率。传统的操作手法吊具晃动剧烈，稳定性不够，桥吊的“心脏”——电机，一会儿“心跳”急剧加速，一会儿又归零，再好的设备也经不起“折腾”。新方法通过减少手柄回零挡的次数来实现稳关效果，对机

2020 年 8 月，竺士杰（右一）在为桥吊班新学员讲解安全操作要领

电设备的大电流冲击少，对机器的各部件损伤相对较小，从而降低了故障率。

五、提高操作规范性。新方法有精确的挡位操作概念，能清晰表达操作要领及注意事项，其操作的规范性使培训师易讲解，受训者易领会，应用时易对照。

应用了新的操作法之后，在 2005 年公司技术比武和 2006 年公司参加宁波市技术比武的选拔赛中，竺士杰和他带的第三个徒弟交替包揽了公司技术比武的前两名。于是，公司就选派竺士杰及其徒弟和公司的另外一个同事，三人代表公司参加宁波市技术比武。在这次技术比武中，竺士杰和他的徒弟又一次包揽了宁波市桥吊技术比武的第一、第二名。

这些好消息很快被公司总经理陈国荣关注到，桥吊班有个厉害的年轻人，在市级技术比武能经常得第一，不仅自己拿奖，自己的徒弟也站上了领奖台。

陈国荣总经理请竺士杰来自己的办公室，他想亲自看看，这个竺士杰是不是真的如大家所说，是位出色的工人。他考察了竺士杰三个方面——

一、是不是真的对桥吊技术熟练掌握？新的操作法是不是经得起理论和实践的检验？

二、竺士杰的日常生活状态是怎样的？有没有不良嗜好？兴趣爱好是什么？

三、带徒弟方面的情况如何，会不会教？能不能把工作经验落实到笔头？能不能做到会做、会说、会教、会写？

凭借多年来的工作和管理经验，陈国荣总经理立刻判断出，竺士杰是有潜力的，并希望他能发挥更大的作用。

随即，陈国荣提拔竺士杰为桥吊二班的工班长。

公司提拔竺士杰当工班长后，他忽然陷入强烈的焦虑和危机感中。他没有给自己太多的庆祝时间，“被提拔肯定是开心的，可是我立刻想到，我该如何做才能对得起公司的肯定”。如何当好工班长，成为竺士杰干好自己业务以外最需要考虑的事。

一个工班有 30 人左右，手把手地将自己的新方法传授给整个工班的每个人显然不可能。于是，竺士杰萌发了一个大胆的想法——把教自己徒弟时记录的带徒笔记整理成系统的操作方法——这样整个工班里的成员就都可以学习了。

这个想法虽然好，但是对于从小学开始一碰到语文就头疼的竺士杰来说，真是给自己找了一个大麻烦啊！

竺士杰自己很清楚这个操作方法，做起来也很熟练，对于悟性高的徒弟，他亲手传授、亲自示范、亲口讲解，完全能让初学者开窍。可是，如何把新方法以自己最不擅长的文字形式表达出来，他意识到这个自加砝码有点大。

“不管多难，我都要把它写出来！”最终还是决心战胜了恐惧。想想自己在桥吊岗位工作，虽然只有短短八年，但是这八年的经历是非常丰富的。从当初只能吊 130 个集装箱，还拖累到别人，影响作业线效率的桥吊小白，到如今自创了一个有用的新方法，并多次赢得技术比武的冠军；同事们对自己的称呼从“姜太公”到“救火队队长”；从当初龙门吊转岗时很多人的不理解，到如今得到很多人的肯定——记录下自己这一路来技术水平提高的经验和方法，对自己也算是有一个交代了。

说干就干！

竺士杰找到一个新的笔记本，把自己新方法操作时的过程一个字一个字地写下来。整整三个多月，每天下班回家后，他就把自己关在房间里，打开音响，放着音乐，就开始写，写不出来的，就画图。

三个月后，一份密密麻麻、有图有字的笔记本放在了公司领导桌上。竺士杰这份八千多字和几十张图表组成的笔记，对他所在的行业有推进意义的新方法进行了详细阐释。

看到这份沉甸甸的笔记，陈国荣总经理非常感动。想着一名基层工人能在自己普通的岗位上肯干肯思考，他为公司有这样的青年工人感到骄傲。

“给这个新方法取个名字吧”，大家说。

很快，领导发动整个公司会写文章的秀才们起名，大家起了各种名字，五花八门。最后，“啪”的一声，陈国荣拍了桌子，“天花乱坠的名字都不好，就拿竺士杰命名，就叫竺士杰操作法”！

2006年12月，公司举行了一个隆重的仪式，将竺士杰写的桥吊操作法正式命名。从此，竺士杰的新方法有了名字，他得到了一块公司颁发的牌匾——“竺士杰操作法”就这样诞生了。

2007年，竺士杰自创的操作法“竺士杰操作法”也被浙江省评为第一批以一线工人名字命名的先进操作法。

2008年4月，竺士杰当选共青团第十六届全国代表大会代表，在参加会议时于中南海怀仁堂受到中央领导人的接见。接见中，竺士杰作为21世纪产业工人的代表，作了题为《在高空中“穿针引线”》的汇报发言，介绍了他自创的“竺士杰操作法”，得到了中央领导人的肯定。

经实践，“竺士杰操作法”曾创下一小时起吊185个标准集装箱的纪录，达到了国际一流的水准；并且在提高速度的同时，能有效保证设备的安全、降低设备故障率，同时大幅地降低司机的疲劳程度，并大大缩短桥吊司机培养的周期。据测算，“竺士杰操作法”运用后，从2016年

2007 年 6 月，公司举行“竺士杰操作法”命名仪式，公司领导为竺士杰（右一）授牌

到 2022 年，着箱率数据提升了 7 个多百分点，效率提升了 2.4 个 moves，一天多吊 3400 个集装箱，一年即能多吊 126 万个集装箱。

2008 年，竺士杰（中）在中国共产主义青年团第十六届中央委员会委员选举投票时留影

第七章 急难险重见功夫

随着宁波港集装箱业务的大发展，宁波的穿山半岛上新建了一个大型的集装箱码头——北仑第三集装箱码头有限公司。新公司上马，急需一批技术好的熟练操作司机支援。

2004 年 9 月 23 日，24 岁的竺士杰成为新建成的穿山港区的第一批老司机，与另外四个一起来的老司机组成“五虎将”。他们最重要的工作职责就是承担新公司的大型船舶赶船时效率和带徒弟。他们为新班组引领了以崇尚“学技能、练技能，安全操作、高效作业”为荣的班组文化。

来到新公司后，竺士杰带的第一个徒弟是他的同学，确切地说是他的同桌，也是睡在上铺的兄弟，情谊深厚。在技校的时候，这个同桌兼舍友的成绩比竺士杰好，班里安排座位时就是考虑“一个好带一个差的同学”的搭档坐在一起。住校时，他们一起打球、一起演小品，亲如兄弟。如今，兄弟愿意当徒弟，跟着竺士杰学，竺士杰势必倾囊相授。由于从同学时就积累了默契，这个徒弟教得特别顺心，竺士杰不太用怎么说，只要一点拨，徒弟就懂了，后来的操作水平已经和竺士杰不相上下。

作为“五虎将”之一，除了日常带徒弟和上机工作，竺士杰还要承担急、难、险、重的生产任务。

2005 年 3 月 8 日，塞浦路斯籍的集装箱船“地中海克里斯蒂娜”号在黄海发生了严重的碰撞事故，随时有沉没的危险。为了尽快处置险情，该轮船所属的公司选择宁波港作为船舶抢险的港口。经过慎重考虑，为该船进行高速有效的卸船任务交给了“五虎将”。

将船上的货物进行高速有效的卸船，目的是减轻船体的承重，为船公司抢修赢得时间。

竺士杰他们要做的，其实就是与时间赛跑。不仅要跑赢，更要力保安全。

克里斯蒂娜轮缓缓地向港吉公司的码头靠近，眼前的场景让在场的所有人员倒吸了一口冷气。该轮破损严重——第二舱舱体破裂，舱面的三块舱盖板被挤压成了扇形，舱盖板上还有四层高的箱子由于被挤压而倾斜地堆放着。

“这个舱不能直接卸！”夜班值班经理徐春波说，“这个舱中间舱板被顶起来约 1.5 米，旁边两块也倾斜成大概 30 度角，只要装卸中稍有不慎，就会引起舱板滑动，无论是滑向海侧还是陆侧，都十分危险！”

“把两边的舱板焊接固定住，将中间舱板支撑固定牢”，有着 40 年港口工作经验的工程部虞锦纶师傅提出了一个可行方案。为了保持船体的平衡和整体的安全，必须陆侧、海侧轮流接卸；必须解一个箱子的锁销，卸一个箱子。

焊接和支撑工序完成后，竺士杰等人开始进行舱面集装箱的卸载工作。

“这个不能卸！卸海侧那个！”“吊具，吊具要再慢一点，靠右一点！”“好，轻轻放下去——”指挥手由公司领

竺士杰担任桥吊大班长，在码头巡查班员操作情况

导直接担任，他们在桥吊机下直接指挥着卸箱顺序。

这项工作的难度超出平日里任何一次桥吊任务，竺士杰回忆起当时的场景，说：“每一次起吊操作都屏住呼吸，眼睛盯着吊具的运动不敢松懈一丝一毫，手里的手柄握得牢牢的，生怕出一点错。”

舱面的箱子安全卸下，吊具像个巨大的机械手一样，缓缓地伸向中间那块舱板，大家屏气注视着，等待着。只听得“咣当”一声，带着钢铁颤抖的回音，舱板脱离原先挤压的位置慢慢上升，被固定住的两块舱板居然只轻轻地抖动了一下，也就是说，扇形的舱板可以被安全地取下来！在场的人都长舒了一口气。接着，另外两块舱板在解除焊接后，也分别被卸了下来。

舱面打开了，里面的景象让在场的人员都大吃一惊：由于剧烈的碰撞和大量的进水，有两层多的箱子浸泡在海水中；底层的箱子互相交错着，有些甚至竖了起来；还有些空箱漂浮在水面上。要把这些箱子安全地卸到码头，又是一块难啃的骨头。

吊具不能碰到水，否则会造成电路短路；

空箱被吊具压下水面，就不能闭锁；

辅助人员要进入舱内去协助司机作业，站位问题是确保人身安全的关键；

……

从 3 月 17 日开始，竺士杰和同事一起负责抢吊船上的集装箱。“当时真是困难重重，固定集装箱的拉杆、底锁变形解不开，有的集装箱被死死地卡在了固定槽内；集装箱进水后的重量无法估计，打开箱门，里面的水就像瀑布一样喷涌出来；变形的集装箱悬空拱起来，如果没有把握好着力点，底下的集装箱就会如多米诺骨牌一般哗啦啦地倒塌……”就算有多年工作经验的老司机，看到这次工作的难度，心里也没底。卸箱稍有不慎，就极易发生人身、货损、机损事故。

公司上下对卸船过程进行了严格的安全监控，并加强了现场指挥。整整四天，竺士杰都在码头上，那些最难最险的活基本上都是他来完成的。

“吊具自重近 13 吨，在对锁孔时必须轻轻进入，让吊具锁头上 1 厘米高的着箱顶杆感应到压力，不能让吊具自身重量落到被吊的集装箱上，不能压倒箱子，这样才能避免下层箱子因压力而错位、倒塌。”

“许多箱子由于海水侵入，货物吸收了大量水分，变得远远超出原本的重量，更需要缓慢起吊。”

“每一个箱子我都紧紧盯住吊具进入锁孔的那一刻，按照指挥人员的指引起吊。”

“每一个动作，我都是深吸一口气，而后一气呵成。那些平时简单的动作，此时变得异常沉重。”

“吊具每次靠近锁孔，我的手都在轻轻发抖，生怕稍有闪失，就会给接下来的抢险造成困难。吊完一个箱子，

竺士杰在离地 70 米的桥吊一字梁上攀爬直梯，检查悬臂俯仰挂钩

我就要擦手，因为手心都是汗，我甚至能听到自己的心跳声。”

参加过抢险的一位辅助工作人员这样回忆道：“我们在那些浮动的集装箱上攀爬着，集装箱又湿又滑；还有一些箱子因为注水太重，在起吊后，需要当场开箱门放水，水奔涌而出的那一刻，我们都是紧紧抓住箱门，以免被水冲倒。”看似简单的话语，却再现出当时的危险。而每次成功地吊出一个箱子，参与抢险的人群中都会发出一声来自心底的欢呼。

到21日上午11时，1735个集装箱（包括58个破损箱）都被安全地卸到堆场。那些看了作业过程的“克里斯蒂娜”船员对港口工作人员竖起了大拇指。

2006年12月27日上午9点，竺士杰迎来了操作桥吊生涯中最值得纪念的一次起吊。

那天，宁波舟山港完成了第700万个集装箱的起吊仪式。

宁波舟山港由宁波、舟山两个港域组成。早在7000年前，河姆渡先民就划桨行舟，宁波已经有了港口的雏形。公元前4世纪，古越国营建了水军要塞句章港。唐开元二十六年(公元738年)，宁波港正式开港。公元752年，日本孝谦朝三艘遣唐使船驶抵宁波口岸，掀开了港口1200余年的对外开放历史。宋元两朝，宁波港已成为中国对外贸易的主要港口。以越窑青瓷和丝织品出口著称于世的宁波港，曾被誉为“海上瓷器之路”的开端。明朝以后，因屡兴海禁，清初袭之，使港口一度中衰。20世纪70年代后，随着镇海、北仑等港区的开发，宁波港实现了从内河港到河口港，再到海港的跨越。

“新世纪、新阶段浙江经济进一步发展的天地在哪里？在海上！浙江省有什么可以做成全世界和全国之最的？只有港口，港口可以发展成全国之最甚至世界之最。”这是习近平总书记在浙江工作考察宁波港时的高瞻远瞩；2005年，时任浙江省委书记的习近平就亲自开启了宁波、舟山两港一体化发展的美好蓝图。12月20日，他在宁波—舟山港管委会挂牌仪式上说，港口建设将是浙江省经济发展中的大手笔，港口建设的重点在宁波、舟山港一体化。

宁波舟山港港域宽阔，海岸线绵长，南北长220公里左右，由19个港区组成，拥有万吨级以上大型深水泊位超200座，5万吨级以上大型、特大型深水泊位超120座，是目前中国大陆大型和特大型深水泊位最多的港口之一。

宁波—舟山港管委会挂牌仪式一年，港口集装箱年吞吐量就达到700万标准箱。时任浙江省委书记习近平亲自赴宁波港吉码头经营有限公司出席庆祝仪式。竺士杰被公司指定为起吊这个集装箱的操作司机。指挥起吊的就是时任浙江省委书记习近平，他按下起吊按钮，亲自指挥起吊了宁波舟山港第700万个集装箱。这也是竺士杰第一次见到习近平总书记。

第八章 挑战不可能

2016年4月，竺士杰接到了来自央视《挑战不可能》节目组发出的“不可能”挑战任务——操作桥吊吊着集装箱，将足球“踢”进35米远的球筐。

“这怎么可能，太异想天开了吧？！”竺士杰脱口而出。

标准足球直径约21.5厘米，重量400克左右；

桥吊司机驾驶室距离地面40多米；

需要吊起的集装箱重达2.3吨；

要通过桥吊吊起集装箱后形成钟摆运动，准确击中距离地面 8 米高处的一只足球，并让足球正好被踢进前方的三个直径 80 厘米 ×90 厘米的球门。

没错！是三个！

分别是离平台边缘 30 米、32.5 米、35 米处的三个球门。

要求是，三个全部踢中，才算挑战成功。

这是经过专业人士鉴定后得出的“不可能”程度，就其中几个举例说明——

一、桥吊“踢球”的方向和司机日常操作的方向完全相反，坐在司机室操作的时候根本不能直接看到踢球的过程；

二、桥吊司机的操作习惯是“稳”字第一，而要完成“踢球”的动作，却是需要让吊具“荡”起来，完全与平时的习惯背道而驰；

三、每次击球角度、高度、速度的细微差别，还有击球时的风速差别，都会引起最终足球落点的巨大偏差。

这是不可能完成的。

公司团队知道这项挑战任务后，并不支持竺士杰参加。彼时的竺士杰，头顶的“光环”很多——

宁波市首席工人

宁波市职业技术能手

浙江省职工技能状元（金锤奖）

浙江省五一劳动奖章

全国五一劳动奖章

浙江省劳动模范

全国交通技术能手

全国劳动模范

……

假如宁波舟山港最优秀的桥吊司机都没能挑战成功，试想这个影响力会有多大啊！

“我决定接受挑战！”竺士杰仔细考虑了以后，向公司汇报自己的决定，“因为这不仅是一次完全颠覆性的全新挑战，更是我们宁波舟山港人的一次实力展示！”团队的同事们被他的勇气和决心感动，放弃了劝说。

大伙儿也是用实际行动在支持竺士杰。在答应接受挑战后的无数次练习里，竺士杰每天待在司机室，一遍遍地重复“踢球”动作。夏日的酷暑里，负责捡球、放球的捆扎工，负责现场视频记录和组织协调的码头指导员，负责协助挑战的桥吊兄弟们就一整天地配合着他。烈日炎炎下每个人都汗流浃背，但每一次的击球，大家却一丝不苟，没有人有一句怨言。

整个挑战还有另外一个关键点，那就是球托和击球板的制作。球托既要保证足球在风大的时候不会被吹跑，又不能将球固定得太牢，导致给击球带来阻力；击球板则要兼顾与足球接触时的弹性和角度。因此需要尝试各种不同的材质，调整不同的角度，返工的次数可想而知。夏天的车间本来就闷热，加上电焊切割的温度，跟蒸笼没什么区别，工程部的技术员们就是在这样的环境下，一遍遍地对球托和击球板进行加工调整。

2016 年 8 月 8 日，早上 8 点，在公司二号泊位 CR1 号桥吊，央视《挑战不可能》节目组来到码头，开始对竺士杰的挑战节目进行录制。

挑战的实际惊险程度比最后观众们在电视上看到的还要高。为了追求更好的视觉效果，摄制组在拍摄前一天修改了竺士杰原本练习时采用的方案。摄像师说要搭台，并且球筐的尺寸也改小了！搭了台以后就移动了竺士杰原本的击球点，击球位置点移动以后，意味着原来练习的击球数据就全废掉了！这项挑战，是需要参考设备参数、风速、球的落点来综合研判，并做出准确的击球动作来完成的。

方案改了、场景变了，原本设置的常规速度根本完成不了挑战。竺士杰当即跟技术员讲，修改设备的参数提高了10%，把240米/分钟速度提高到270米/分钟。每分钟270米的速度在之前无数次的练习中从来没有过，要知道这种速度属于CPU超频概念，正常情况下的操作是不允许有的。但是，为了完成挑战，竺士杰只能快速去适应这种从来没有操作过的数据设备。

挑战正式开始了：

竺士杰深呼一口气。

“集装箱一直在晃。”当天的风速很大，竺士杰低头开始操作。

“这哪里看得到球啊？”主持人撒贝宁在另一个演播厅观看着挑战。

“现在的风速有多少啊？”竺士杰一边自言自语，一边将双手放在操作手柄上。

吊具启动，被吊起的集装箱向前摆动。

现场和演播厅内的所有人都屏住呼吸，等待竺士杰的第一次挑战。

在湖南长沙大国工匠论坛期间，竺士杰接受中央广播电视总台记者采访

集装箱击中足球，球飞向第一个 30 米外的球门。

竺士杰低头看向地面，“太可惜了！”由于集装箱击球力量过大，并且在击球时受到强风影响，竺士杰的第一次击球未能成功将球踢入球筐。第一次挑战失败。

竺士杰观察一下周围，确实风速过强了，现场的彩旗摆动得非常厉害。

“看来今天打进球的希望不大。”竺士杰在操作间里做了最坏的打算。

为了克服风对足球的影响，竺士杰必须利用桥吊吊具旋转调整集装箱对足球的击球角度，如何操作桥吊，他心里还没有底，只能尝试着去做。

“我得调整一下倾转。”竺士杰按动手边仪表盘的按键。

地面上的主持人示意，第二次挑战可以开始。

“不知道有没有效果。”调整角度后的竺士杰再次启动机器。他操作桥吊，将集装箱下降滑行到一定位置后，推动手柄，集装箱随机形成钟摆运动，向足球位置大幅摆去。

“砰”的一声，足球再次被踢出。

“哎呀！”演播室的观察嘉宾纷纷发出遗憾的叹息。

“总是偏。”竺士杰内心说道。第二次挑战又失败了。

这项挑战，一共有五次机会。前面两次都失败了，这意味着要想挑战成功，后面的三次，每次都必须成功才行。而后面的三次，每一次的球筐距离都不一样。可以说，挑战“不可能”更不可能了。

第三次，竺士杰快速操作，只见集装箱下降、摆动、击球。

“击中了！”现场沸腾了！球门周围六个水柱喷出庆祝的水花。

“啊！进啦！”竺士杰大声地喊了出来。他用拳头打了下自己的双腿，脸上的笑容像绽开的花儿一样。

现场主持人走到第一个球筐前，摄像机镜头给这个被踢进的球一个大特写。“太不可思议了！”

“现在就要努力打第二个了。”竺士杰冷静下来。

主持人向竺士杰发出可以开始第二次挑战的示意。“好！再来一次。”

竺士杰要调整摆动的幅度，因为第二个球门比第一个球门要远。只见，集装箱再次下降、摆动、击球。

竺士杰迫不及待地向第二个球门看去。

“哇！进了！太好了！”竺士杰呐喊的声音比上一次更响亮。

竺士杰（左）接受中央电视台《面对面》节目专访

王海波工作室简介
个人荣誉
课题研究

“第二个，又中了！”现场主持人从第二个球筐将被击进的球取出来，发出感叹：“太了不起了！”

“竺师傅，我要拜你为师。你连中两只了。”主持人通过对讲机，向高空中的竺士杰表示祝贺。

此刻，竺士杰离挑战成功只有一步之遥了。但，也只有一次机会了。

“第三个是最难的，因为它有 35 米的距离。我要去打的话，幅度要控制得非常大。”竺士杰冷静地分析最后一击的策略。

幅度大了，集装箱击球的稳定性就差了。最后一个最高难度的挑战，所有人都为竺士杰捏了一把汗。

深呼吸一下，“出发”，竺士杰开始向第三个球门发起挑战。

这一次，集装箱在空中做了一个摆动，划出一道美丽的弧线。

“咦？竺师傅，怎么了？”地面上的主持人发现竺士杰这次没有选择击球。

“我觉得幅度不够大，击球力度不够，就放弃打球，希望能够再打一次。”

因为没有击球，所以现场一致商定，再给竺士杰重新挑战的机会。

“再给他一次机会。”所有人都同意。

竺士杰深吸了一口气，更有力地启动了机器。他推动手柄，集装箱扑了下来，摆动，击球！

“太棒了！太棒了！太棒了！”竺士杰像个孩子一样攥紧了拳头，涨红了脸，一个劲儿地笑。

挑战成功！

挑战不可能成功！

成功挑战了不可能！

竺士杰做到了！！！

“当完成挑战的那一刻，我激动、欣喜、感恩和如释重负的复杂心情，真是百感交集！”事后，公司总经理任小波给竺士杰发来挑战成功祝福的短信。他回复：“我感恩能在这个优秀的团队工作，这次挑战没有大家的支持，我是不可能完成挑战任务的。”

在这次挑战以后，2018 年，竺士杰连续收到 CCTV1《机智过人》节目组邀请，完成人机挑战；CCTV2 人社部与中央电视台联合主办的《中国大能手》节目组邀请，完成集装箱给鸡蛋染色挑战；央视网《直播中国》节目组邀请竺士杰，以集装箱写“40”的操作，为庆祝改革开放 40 周年献礼。

回想刚接到邀请时的茫然摸索，到后来的不断尝试演练、探索完善，竺士杰一次次证明了只有想不到、没有做不到，只要有一颗不惧挑战的心，敢于沉下心刻苦钻研，就可以将“不可能”的挑战变成“可能”！

第九章 万分之一等于百分之百

“高空40多米，作业时间6～8个小时，要驾驭一台7000万元的巨无霸设备，不管是刮风下雨，还是盛夏酷暑，严寒冬日。像这两天这么冷的天，照样要上去。上去以后那个风吹起来，跟地上还不一样！”

采访竺士杰的那天，宁波下着雨，当天最低气温-3℃，大风7级。

“像今天晚上的作业，我可以想象的，桥吊司机室是会被风吹得呼呼发响的，整个驾驶室都会剧烈抖动。”竺士杰担心今夜班组工作的同事们。他对这样的天气已经太熟悉了，正是因为熟悉，才知道恶劣天气的厉害。哪怕司机室有空调和取暖器，可黑夜高空上的大风灌进来，穿厚羽绒服也没用，脚依旧会冻得冰冷，很不好受。

“虽然风大到一定程度是可以停的，但像今天晚上这个风是需要作业的。10 级风以上才能停，因为设备报警了，就要停了。但是 10 级风以下都还是要作业，哪怕下大雨或者下雪都不停，只有起大雾或起大风才可以。”

“目前还没有女孩干桥吊这份工作！”当被问到有没有女性做桥吊司机工作时，竺士杰给出了否定的答案。

“我记得一年夏天，那天我上夜班，当晚也是大风，驾驶室内就听见轰隆隆——轰隆隆——的一阵巨响。凌晨四五点钟时，天蒙蒙亮的时候，一道大闪电突然打到海里！就在眼前！就在眼前！”竺士杰说，那次他也害怕了。

“还有一次，1300 吨的设备被风吹得反向行走，吊装的是 60 吨双吊集装箱。在大风中，小车在海侧悬臂梁头部吊起来的时候，整个悬臂钢梁也会沉下去。特别是越到仓底，箱子越重，拎起来时钢丝绳嘎嘎地响，直往下沉，有一种下坠的感觉。手柄也抬不动，货物也起不来了。电机转动，轰轰轰——轰轰轰——只能抬一段停一停，再抬一段，再停一停。悬臂也开始抖动，整个人在座椅上会跳起来！”

竺士杰对于桥吊工作的艰辛和危险是最清楚的，也正因如此，他将“稳”字作为工作的第一要义。

“箱子搞破是最常见的事故。因为是铁跟铁碰的十几吨的东西，撞瘪了，撞穿了，划破了，或是对不准槽口集装箱就落下去，这个箱体就划破了——这些事故连老司机也会冷不丁地出现。”在竺士杰看来，最难做的就是安全和效率！

难做的事，就是竺士杰要做的事。

结合自己对桥吊工作的认识和多年工作经验的总结，竺士杰为班组编订了“安全警示语”，供每一名班组成员学习。

安全警示语

安全理念心中藏，遵章守纪事故少；

作业环境要记牢，设备正常通讯畅；

引关动作莫忘掉，切记做到两头慢；

配载船图看清楚，混装小箱要提防；

单箱双箱分清爽，饺子事故不能忘；

舱板装卸及时报，速度高度要恰当；

装卸匀速听指令，坚决执行“六不吊”；

季风天气作业忙，防风措施要跟上；

紧急情况不要慌，停止作业及时报；

自作主张有危险，盲目动作把祸闯。

2009年以后，竺士杰担任桥吊班副大班长，管理150个人和设备。“那个时候机器设备蓬勃发展，各种设备都会进来，有双小车、双起升、新型空箱吊具等。作为副大班长，这些新的设备进来后，我都要自己先去操作，并把操作方法记录下来，再看徒弟们操作。在这个过程中我就发现了，不同性格的徒弟学这个方法上的一些问题，这些问题都有可能造成安全隐患。”

于是，竺士杰想了一个办法，把安全的操作规程编成口诀，发给班组成员们学习。

“一个目标、两头慢、反三违、四不伤害、冬季五防、六不吊、七心态”：

“一个目标”：无违章、零事故、零伤害。

“两头慢”：是指集装箱装卸机械在作业过程中着箱、引关以及靠箱、嵌箱、进出隔槽时做停顿对位，平稳准确地将吊关摆放到指定位置的作业动作。

“反三违”：是指安全生产工作严令禁止的“违章指挥、违规操作、违反劳动纪律”现象。

“四不伤害”：是指不伤害他人、不被他人伤害、自己不伤害自己、保护他人不被伤害。

“冬季五防”：即防风、防冻、防滑、防火、防雾。

“六不吊”：是指超负荷不吊，关路下有人不吊，无指挥手或指挥动作不明不吊，情况不明不吊，视线不清不吊，关不牢不正不吊。

“七心态”要不得：作业中避免出现急躁型操作心态、自满型操作心态、野蛮型操作心态、紧张型操作心态、粗心大意型操作心态、情绪波动型操作心态、疲劳驾驶的操作心态。

竺士杰始终强调，“竺士杰操作法”是“稳、准、快”的操作法，“稳”字当头。针对提高吊装稳定性、减少机械故障和降低司机疲劳度等，他逐个开展课题并进行专项研究。

在操作法的推广过程中，公司高速发展，集装箱作业量从 2004 年的 11.5 万箱，到 2014 年增长到 470 万箱。竺士杰发现桥吊操作法还需要不断完善，特别是船舶大型化后，有很多新的操作工艺出现。例如，“新型空箱吊具”等新设备以及新船型的出现，他都会将新工艺的操作方法记录下来，补充到操作法的培训推广中。经过六年的积累，2013年，2万余字的操作法的“2.0版”出版了。

“第一版的操作方法写的是稳关的操作技法”，在六年的时间里，竺士杰对桥吊工作又有了更加深入的认识，他的身份也已从一名普通的桥吊司机成为管理300人左右的桥吊班大班长。“2.0版本，我融入了操作规程，作业前、中、后的操作要求。”

“竺士杰操作法”基本操作三字诀

作业前

上机前　先检查

查环境　清障碍

查外观　辨缺陷

取铁鞋　要点清

提锚定　要到位

操作台　灯完好

查吊具　无变形

查限位　试正常

2020 年 4 月，《竺士杰工作法》由中国工人出版社出版发行，图为竺士杰收到出版社寄送的样书

作业中

系上带　合主控

心从容　眼四观

轻操作　两头慢

有异常　即报告

六不吊　记心中

走大车　需监护

指挥手　明距离

理货员　查障碍

鸣警笛　盯周围

等关时　需注意

空载时　超十米

重载时　梁上等

车道上　不停留

不超过　十六米

双箱吊　要分清

中间锁　要打开

用导板　需悬空
离箱车　过两米
船上方　禁动作

吊双箱　明重量
有偏离　调重心
入槽轨　须谨慎
调间距　防卡槽

吊舱板　要监护
清关路　除杂物
引关稳　低速行
至后梁　做稳关
防晃动　防碰撞
上下板　堆平整

用吊具　运送人
每一次　限两人
系好带　慢引关
门框式　低速行

抛物线　不允许

进出槽　是重点
作业前　查槽轨
有杂物　要清除
有破损　要报告
进出槽　须低速
调倾角　防卡槽

作业后

作业完　收吊具
二十尺　廿八米
收悬臂　移大车
断主控　关门窗
放锚定　穿铁鞋
填日志　交接班

防风锚定具体操作

锚定前　做准备
桥吊回　指定位

人分组　工具备

升吊具　停止位

锚小车　门窗关

解抱扣　紧拉杆

插U锁　全到位

责任书　签上名

解锚定　程序反

由于航线调整，2013年，宁波港内有一些小型的“破”船进来，困难船型成为困扰竺士杰班组桥吊司机的难题。包括老司机在内的一些司机，虽然他们熟悉大码头作业的大船操作，但是面对困难船型都很头大，很多人都不愿意去干。

对于竺士杰来说，因为他在原来北一集的时候，就是拿那些“破”船去练习的，许多技能也都是在“破”船上练就的，对这些船的特性是了如指掌。所以，他当时就把各种困难船型的作业方法给写了出来，也收录进“2.0版本”操作法当中。

在“竺士杰操作法2.0版本”中，竺士杰专辟一节，写了“困难船型及小型船舶作业中的应用”。他以图片结合文字的形式，对有夹槽船型、无夹槽船型、舱内无夹槽船型、小型及困难船型开关舱板的特点、操作过程中易发生的状况、操作注意事项和建议等进行了详细阐释。

考虑到操作人员的实际情况和桥吊岗位三班倒的特点，竺士杰认为以“一对一”教授或者“自学教材背书”的形式是肯定达不到好的学习效果的。他想到了 3D 动画，“图像的形式是大家都容易接受的传播方式，看起来直观，很容易就能理解”。

想法很好，可是要落地，难度还不小。3D 制作是一个专业性很强的工作，竺士杰完全是个“小白”，他自己肯定做不了。他打听了几家有 3D 制作能力的公司，对方的报价把他吓了一跳。调研一番后，他知道 3D 制作是件耗钱耗精力的事，“宁波、杭州的做动漫的团队，我去问了他们，他们说制作费用至少十几万元！”

正一筹莫展中，“也是机缘巧合，2014 年，我参加团中央的全国巡讲宣讲团，和我同一个宣讲团里面的同寝室的一个老师，他的专业就是 3D 动画。”

踏破铁鞋无觅处，得来全不费工夫。

“当时我在宣讲的时候用的是 Flash 动画，他说我都到全国来巡讲了，还用这么 low 的 Flash。他说他是做 3D 动画的，愿意给我做一个操作法的 3D 动画。”

正中下怀!

“我正犯愁的事突然就有希望了。那位老师答应由他领学生们帮我做。他说他的团队能够服务海港集团这么大的公司，也是一个很大的业绩，他说钱无所谓，付一些生活费就行。”

最后，那位老师只问竺士杰要了 25000 元的制作费用，就是纯友情价。

开始制作了，又有了新问题。老师和他的学生根本就不知道集装箱码头桥吊长什么样。要过来吗？不行。因为他们往返的交通费用没法支付。

“那我自己做编导！白天，我就拿着手机，一边拍一边配解说词。当时还没有微信这类通信方式，做不到视频交流。哪个画面，哪个技术动作需要在 3D 动画上表现的是什么内容，我就自己一边做一边拍，一边说一边录制下来。并且，我把‘操作法 2.0 版本’发给他，和他讲解摆动的原理，然后拍视频。晚上，我们就打电话，对着视频我再给他解释。”

一步一步地，老师画出初稿—竺士杰确认—然后老师修改—竺士杰再确定—打回去老师再修改——来来回回地

在码头上巡查班员操作情况时，竺士杰通过对讲机指导操作

做了八个月，这还只是初稿。之后，老师开机器做渲染，渲染了一次——两次——三次。

“摆动的数据在哪个节点、标题板怎么放置、在几分几秒时要标注什么内容，等等，我们再反复沟通，来来回回，直到满意。”

最终，10 分钟的动画视频做出来了，效果非常好。交付时，3D 制作人员开玩笑地对竺士杰说：“竺师傅我们都是你的徒弟了，可以开桥吊了。”

2019 年 9 月，操作法迎来了第三次升级，以问题为导向进一步丰富大船作业和困难船型作业方法，“竺士杰操作法 3.0 版本”升级成功。2020 年 1 月，“竺士杰操作法”受到全国总工会的关注，被推荐给中国工人出版社于 2020 年 4 月出版，并作为“大国工匠”系列的第九本书向全国发行。

除了桥吊司机操作，竺士杰还关注到桥吊作业内与司机相关的其他岗位的安全规范。“指挥手是协助桥吊司机对作业环境安全观察确认，及统筹协调安全作业环境和指挥装卸工人安全作业的重要岗位。指挥手是桥吊司机的‘眼睛’，高效地发挥好‘眼睛’的作用，指挥手需通过使用高频、准确的、有效的语言表达来实现。”

为此，竺士杰研究并编订了《桥吊指挥手规范指挥语言》，供指挥手和桥吊司机学习。“在桥吊司机看不到或看不清作业环境时，通过指挥手的高频语言，能使桥吊司机的思维中快速构建出清晰的作业环境的画面感。”

竺士杰时常挂在嘴边的一句话是“万分之一等于百分之百”。这个看似不相等的数学等式，恰恰可以说明，桥吊司机的每一次操作都要做到不能有万分之一的侥幸心理违章操作，否则就会造成百分之百的损失或事故；同理，只有认真对待，不断消除安全隐患和违章操作中存在的万分之一的侥幸心理，才可以实现百分之百的安全。

竺士杰带领的桥吊班组建立了安全学习制度：每日工前五分钟、每周安全周一例会、每季全员安全制度学习轮训、每年开展六次安全制度考试。他还为每一名班员量身定制了一整套贯穿全年的安全积分制管理制度。根据岗位实际情况，班里对每一名班员实行安全积分制管理，每名班员的基础分为 100 分，要求安全必须做到 100 分。班员“积分制”合格分 100 分，实行“递减扣分，递增加分”的原则。每年年终积分清零，每年的 1 月 1 日重新开始积分，安全积分与班员绩效进行挂钩管理。

有一个特别有意思的设置，叫“吓一跳”事件分享。

什么叫“吓一跳”事件呢？就是操作的时候实实在在地遇到问题了，吓到自己了，惊出了一身冷汗，不过，由于操作动作规避得好，并没有出现实质性的危险事故后果。回想起来，假如这个事情一旦处理不好就很有可能出现事故，这个就叫“吓一跳”事件。在竺士杰管理的班组微信群里，“吓一跳”事件分享是讨论度最高的话题。

确保安全操作，杜绝安全事故的发生，除了安全思维理念作为引导，更需要在技能方面坚持标准化的安全操作，桥吊操作必须做到“稳、准、快”，杜绝操作中的随意性，以及盲目求快的操作心理。只有做到操作“稳”字当头，才能确保着箱命中率“准”，最终才能确保装卸效率“快”。竺士杰对自己及班组成员，一直坚持并强化安全高效操作，理念与技能相统一的安全操作意识。

第十章

『金牌导师』

2003年底，竺士杰带了第一个徒弟，那个徒弟的年纪比他大一岁，原来是开集装箱卡车的。竺士杰用新的方法教徒弟，但那个时候他说不清楚，导致徒弟对他产生了质疑。后来，竺士杰还是沿用师傅们的老方法，将徒弟勉强地带了出来。

痛定思痛，竺士杰认真琢磨带徒弟的事情——如何把自己的方法说清楚，如何将“做的”跟“说的”对得上。

2004年带第二个徒弟的时候，竺士杰已经开始有一定的思路了。他从最标准、最基础的动作一步步去做，详细地把自己减速稳关的思路和主要原理给徒弟解释，分长距离行走、短距离行走等不同情景，给徒弟阐释操作方法的应用。后来，第二个徒弟发展得很好，还代表北一公司参加宁波市技术比武拿到了冠军。用自己的方法能出好成绩，竺士杰从带第二个徒弟中更加坚定了推广新操作法的信心。“我有好的方法，我一定能把徒弟带好！”

桥吊是港口集装箱装卸的关键设备，它的安全生产和作业效率直接影响到整个港区的装卸服务水平。优秀的桥吊司机在整个公司里都会得到尊重，能够受到大家的推崇。徒弟们选师父时，这就是口碑的事。如果你业绩干得好、技能出色、品德好，徒弟想找这个师父学习的就多。

想拜师竺士杰的青年司机越来越多，直到技校时的同学，也是同桌、同寝室友找到他。很快。25 岁的竺士杰成功带了第三个徒弟。师徒俩默契无比，师父的新方法讲解清楚，徒弟一点就通。最终，师徒俩的水平可以不相上下。在日后的宁波市技能比武里，师徒俩前后包揽冠亚军。大家说，他俩真是“金牌师徒”啊！

竺士杰觉得，“金牌师徒”还不够，他希望所有的师父都能成为“金牌导师”，教出更多的“金牌学生”，那桥吊班就可以是“金牌团队”。大家好，才是真的好嘛。

从此，竺士杰就不遗余力地推动“金牌导师”计划。

起初的进展很缓慢，难点很多。

——导师都是一线的操作司机，让他们带徒弟是额外的负担，徒弟操作出问题了，那也是师父的失误。要把好的导师选出来，还要让他们愿意去带徒弟。那么，愿意带徒弟这个事情就需要给予额外的待遇。

——给予额外的待遇这事，哪是一个人能说了算的啊？

竺士杰找到公司的行政人事部去对接，他把这个道理跟他们讲清楚，希望部门能从工资、待遇、荣誉等方面给予保障，给“金牌导师”身份认可。

“作为桥吊班人才晋升的一个平台梯队，只要做得好，就可以成为‘金牌导师’，这会有一种荣誉感。而且，成为‘金牌导师’是有技能津贴来保障待遇的，对司机们来说是个强动力。”

通过竺士杰不懈的努力，终于，2018 年，“金牌导师”项目落地。

“设计‘金牌导师’制度，我的一个想法是让优秀的班员有一个晋升的通道。因为工班长岗位相对来说职数是固定的，而且岗位目标与‘金牌导师’还不一样。”

浙港工匠特训营第一小组队员合影（前排左一为竺士杰）

浙江海港工匠学校工匠特训营，竺士杰以班长身份主持开班仪式

工班长是纵向管理，需要承担行政事务性的管理工作，比如班组人员的请假、出勤、安全、教育等，还有码头上的船舶靠离泊期间的安全工作以及协调统筹等。“金牌导师”是横向管理，针对桥吊技能业务、安全违章问题、规范化标准化操作等进行推广技能、监督和管理。

“桥吊班要晋升，不仅要有工班长，还需要开辟另外的岗位，让这些优秀的人有事情可做、有事情能做、有价

在工作室桥吊模型前，竺士杰（左三）为桥吊班徒弟们讲解桥吊设备工作原理

值的认同。”

如果认为当了“金牌导师”就可以“躺平”了，那真是大错特错了。

“金牌导师”的总量是非常少的。300人的桥吊班，“金牌导师”只有8人！作为桥吊班的大班长，竺士杰与桥吊班主管对“金牌导师”的要求就是通过他们来提高整个团队的技术技能、规范标准技能。所以，“金牌导师”要对整个团队的技能进行排摸，建立技能档案，发现问题解决问题，针对性地去提高班组的技术技能。每个礼拜的周一安全会“金牌导师”都需要汇报工作，总结一周来的工作做了些什么，找到了哪些问题，针对哪些司机操作过程中的问题进行了怎样的指正。

“我一以贯之的理念就是好的司机不光会干，还要会说，还要能写，这是一个综合的能力。只有说好了，说得出来，才能说明有思考，有了思考，那就会有进步——我就是这样的一个理念。”竺士杰自己就是从学习干、学习说、学习写中一步步成长起来的，他深知这是一条干好工作的“必经之路”。

想当“金牌导师”的人很多，每一个来面试“金牌导师”的司机都会面对三个问题的考验：

一、不折不扣地按照操作法的标准，把桥吊操作做出来。

“操作过关、技术过硬，这是门槛，也是基本。”

二、用标准语言将操作表述出来。

“能够清晰表述你的操作方法，才能清晰地教给别人。”

三、用文字把你发现的问题写出来。

“能够总结和书面表述，说明确实是发现了问题并进行了思考。”

通过考核就可以了吗？

当然不是。

这8人“金牌导师”团队也是流动的，做得不好就要被淘汰！

“我们是以实实在在的业绩为导向，‘金牌导师’要接受时时考核。”

“金牌导师”的考核既简单又严苛，也是两条标准：第一条，开周一会的时候请他们说，如果说不到点子上，那就说明没有认真思考。第二条，指导的班员表现如何。这个班组按照平均分配原则分给每位“金牌导师”相同数量的徒弟，每位导师都要对自己的“一亩三分地”负责，所

在工作室远控模拟操作台前，竺士杰（右二）为两位徒弟做教学演示

负责的班员有没有精准效率、有没有违章和事故、表现如何，都与“金牌导师”挂钩。

“我的班组管理就是理念先导和制定标准。”竺士杰如是说。

竺士杰积极打造“金牌导师”团队，先后培养出17名“金牌导师”以及270名桥吊司机的人才梯队，获得“浙江省‘万人计划’高技能领军人才”等十余项荣誉。现在已经有100多名班组成员报名参与学历提升，30多人获得学历提升，并拥有了专科、本科的学历。他还担任宁波舟山港教培中心的高技能人才培训、远控集装箱岸桥操作证考试培训班高级内训师和职业技能等级培训讲师及考评员，已培训全省港口大型机械操作司机1000余人次，培训桥吊司机3000余人次。

第十一章 裁判长『历险记』

与竺士杰第一次约采访是在 2023 年 10 月，浙江省海港集团工会主管陈晓波告知笔者最近的采访时间也要安排到 11 月之后，原因是竺士杰刚刚结束一项重要的全国性比赛裁判长工作，正在投入另一个全国性赛事的主持工作中，非常忙碌，没有时间可以进行面对面的访谈。

11 月 23 日，笔者如约与竺士杰见面了。

笔者向他提出的第一个问题，就是之前提到的全国大赛。

“8 天瘦了 8 斤。”

“什么？”

“压力很大，也很忙，8 天瘦了 8 斤。”

“可是这不是您第一次担任全国性比赛的裁判长啊……”

“是的，无论是担任领队、裁判员还是裁判长，都会很忙碌。可是，像这次这样的‘瘦身’速度，是第一次。”

2014 年 11 月，中国技能大赛暨第六届全国交通运输行业职业技能大赛电动装卸机械司机职业技能竞赛，竺士杰担任宁波舟山港集团技术领队。他培养的选手李伟获得“全国技术能手”称号(中华人民共和国人力资源和社会保障部授)，郑志南等获得“全国交通技术能手”称号。

2016 年 11 月，浙江省装(卸)车机司机(桥吊)职业技能大赛，竺士杰担任领队，培养选手郭俊荣获“浙江省技术能手”称号(浙江省人力资源和社会保障厅授)。

2017 年 9 月，全国行业职业技能竞赛——第九届全国交通运输行业职业技能大赛，竺士杰担任龙门吊赛场裁判长，培养的选手郑恒亮荣获“全国交通技术能手”称号。

2020 年 10 月，全国行业职业技能竞赛——第十二届全国交通运输“浙江海港杯”起重装卸机械操作工职业技

2023 年 5 月，中华人民共和国第二届职业技能大赛第一次技术对接会，竺士杰（左一）与天津港场地经理合影

能大赛全国总决赛，竺士杰担任裁判员。

2020 年 11 月，浙江省职业技能竞赛集装箱岸桥赛场，竺士杰担任裁判长。

……

看一下竺士杰的大赛经验，已经足够丰富，他口中的“压力”究竟是什么呢？实在令人无比好奇。

“我是 2014 年以后开始接触行业大赛的……”，竺士杰的话匣子打开了。

竺士杰的大赛经历是从担任集团领队开始的，慢慢接触到行业里的专家和前辈，在边学边做中一点点地积累经验。当然，他也遇到了很多人，其中一位便是深圳盐田港的吴颂德老师。

“2017 年全国行业职业技能竞赛时，他是主持岸桥的裁判长，我是主持龙门吊的裁判长。那个时候，我很稚嫩，很多也不懂，吴老师就教我怎么去思考问题，怎么去把控全场。”最让竺士杰感动的是，“专家老师或者行业内的资深人士教我们，都是很无私的。我就直接向他们请教，或是他就直接指出我做的哪里不对。”那一次担任裁判长，竺士杰的做法有一些不同，也有做得不对的地方，吴老师看到以后就直接告诉竺士杰他的想法是什么。深圳盐田港是世界第一大单体港，也很早引入香港的管理经验，吴老师是盐田港资深的老码头了，对这些技术方案、设备都非常熟悉。他一直在做岸桥和龙门吊的技术培训、人才培养工作，包括技术比武的组织，全国第一个桥吊国赛就是他主持的。

“吴老师考虑问题很周到，我向他请教，他也会毫无保留地来教我。我在他身上学到了很多在大赛中思考问题的角度和方式方法。所以，这次我主持天津的国赛，碰到这种事情我也不会那么慌了。”

有什么事能让已有丰富经验的竺士杰如此记忆犹新？

竺士杰口中的天津国赛就是在天津港举办的全国技能大赛起重设备应用技术赛项，他担任裁判长。裁判长负责起草技术方案。

这个比赛，全国范围内每省选一位最优秀的选手。最终总共是 26 个省，选派了 26 位参加国赛的选手。

经过宁波市、浙江省的比拼后，最后代表浙江省参赛的人是宁波舟山港集团宁波北仑第三集装箱码头的桥吊师傅，按照辈分算，他是竺士杰的徒孙。

经过许多天激烈的比拼，大赛产生了冠、亚、季军。冠军来自天津，亚军来自山东，季军的产生就比较波折了。

“我徒孙第三名！”竺士杰直言不讳，“这个徒孙非常不容易，他开远控才十多天就去参加国赛的远控比赛。他是省里的第一，省里比的时候，他把他的师父都‘干’掉了，比赛的时候就是比他师父成绩好。”

竺士杰设计的技术方案是在最短的时间内能完成一组设计的动作方案，由限时闯关、精准打靶、模拟作业等四个环节组成，分数是四项的总得分，时间分也算到得分里面。评判标准是以红外线系统计分，以时间最快、完成质量最高的得最高分，以此类推。“所以，我通过当裁判长以及刚刚结束的行业大赛，我也是担任技术方案的起草。我在这里头的作用就是把技术方案进行编制，既要结合生产实际，又要有一定的操作难度，还要具备大赛的安全、公平及观赏性，能够比出选手的真正水平。”

在实际比赛中，发生了一个很特殊的情况。红外线系统有个漏洞，就是水平特别高的选手在精准打靶节点时，如果做出了一些超出红外线判分的动作，就会被扣分。“我的徒孙就碰到了这个问题，当时该得的 6 分给他扣掉了。”

徒孙对自己的操作是清清楚楚的，他问这个节点是不是应该恢复。徒孙的情绪有些波动。而另一边，竺士杰是

2023 年 9 月，竺士杰（左一）徒孙吴飞获得第二届职业技能大赛第三名，图为领奖后二人合影

裁判长，他的立场是代表组委会的，“那个时候，我不是他的师公”。他对徒孙说：“如果你觉得判罚不对，走正常的申诉流程，请你们的领队写申诉书，交裁判团受理。”

竺士杰能预料到的麻烦情况是：假如验证后判定是红外线的漏洞，给选手补分呢？“裁判长给自己同公司的选手补分？！”这样的标题多刺耳。

“当天晚上，我请我们的裁判长助理来主持会议，裁判团的 7 个裁判员一同开会，集体研究这个环节。”

裁判长助理是来自天津港的马成彬。很多人不知道，这个助理人选是竺士杰争取来的。一开始推荐来的助理是天津港的一位前辈级劳模，竺士杰当即委婉拒绝：“长辈来给我做助理，实在不合适。”天津港人力资源部的副部长问：“那您到底想要什么样的人做助理？”

竺士杰直接提了要求，说：“给我做助手，我希望他有管理经验，然后有能够写作的能力。”很快，马成彬就被派来和竺士杰对接了。马成彬确实完全符合竺士杰对助理的要求，他有丰富的管理经验，做事沉着冷静，当竺士杰遇到难题时，马成彬能跟他一起分析，并提出很多有价值的建议，对裁判长的工作帮助很大。

会议反馈的结论是“不加分”，理由是：“如果要为一个人加分，那么其他人也要加分，这样就乱了。”

“如果是这个理由的话，那我就要行使裁判长的职责！”竺士杰认为，这个判决对优秀选手是不负责任的。“这样的判决，我作为裁判长是不认可的”，竺士杰对裁判员们说。眼前比赛还没有完成，他提出等所有比赛比完，最后来解决浙江选手申诉的问题。

等比赛全部结束后，裁判长助理再次召集所有裁判员开会。他们要求调取后台扣分的程序，并进行分析，发现

2023 年 9 月，中华人民共和国第二届职业技能大赛期间，人社部赛事组委会领导巡视，竺士杰（左一）作为裁判长汇报比赛进程

程序确实是有漏洞的。

在事实很明确的情况下，竺士杰站起身来说：“我作为裁判长，建议给优秀选手一个公正的交代，该给的分还是必须得给，建议给他加上误扣的6分。浙江代表团提起了书面要求，我们要给浙江一个交代。”

裁判员们认可了这个建议。事实上，加上这6分，浙江代表团的选手还是第三名，与他之前被扣分数时的名次一样。而加不加那6分，并不影响排名。

尘埃落定。

徒孙得到第三名的成绩，心服口服。

而竺士杰在这次比赛中瘦了8斤。

第十二章 以诚补短

2008年6月14日，竺士杰参加了共青团第十六届全国代表大会。其间，受到党和国家领导人的接见，并代表青年产业工人在座谈会上作工作汇报，发言5分钟。

如果不是这5分钟的发言，可能竺士杰从少年到青年时期的“伤疤”至今都不会被人知道。

“共有6个代表，一人一篇发言稿。稿件前前后后打磨了很多次。我们需要背下来。”

5分钟的发言稿，1250字左右。

“要背！可我背不出来！”竺士杰说。

当天夜里十二点，团中央的同志再次来询问代表们的情况——

一名代表能流利地背诵，

四名代表磕磕巴巴地能够背下来，

竺士杰却一句也背不出。可是这个大会不是别的，不是向老师背诵课文，背不出请家长被教训一顿的事。那是要向国家领导人汇报呀，无上光荣的事情，别人可能一生都得不到的机会。而这份幸运落在竺士杰头上了，他却连稿子的一句都背不下来。

——

“不要太紧张，稿子保证能流利念出来就行了，真情实感。”一位中央办公厅领导的一句话给竺士杰解了围。

竺士杰心里头的一块石头放下了。

就这样，在竺士杰 28 岁的年纪，他成为新中国成立以来受到最高领导人接见的代表浙江的青年工人第一人。

在接见过程中，时任国家副主席习近平得知竺士杰是宁波港的员工，就亲切地拉着他的手问宁波舟山港的集装箱吞吐量是不是全国第三了。竺士杰一时没回答上来。他不知道这个遗憾还能不能弥补。

紧接着，另一场重要活动来了。在浙江省人民大会堂，也邀请了 6 名代表，每人需要发言 5 分钟。

花了二十多天，竺士杰终于把发言稿打磨完成，省里还专门请了两位传媒学院的老师辅导他背诵。那 5 分钟的稿子又把竺士杰难住了，就是背不下来。

后来没办法，大会组织者只能启动紧急应急措施。6 个代表上 4 个，背不出来的 2 个不上去。竺士杰算是“蒙混过关”了。

也有没办法“蒙混过关”的情况。

公司领导和同事们都知道竺士杰在北京受领导人接见，《新闻联播》也会报道。大家守在电视机前，非常期待，就等着看竺士杰了。

当这条新闻播出时，6 名代表，其中 5 名的采访都播放了，“怎么就没有竺士杰”？

其实，竺士杰当时也接受了采访，《新闻联播》的采访记者请他说两句。但是，对着镜头，他却一句话都说不出来。最后的结果就是电视里只看到其他 5 名代表的发言，唯独没有竺士杰。

“极度自卑，极度糟心！”一向情绪稳定的竺士杰，此时落泪了。

2021 年，竺士杰在浙江大学求是大讲堂做演讲

竺士杰想到，自己从小就不会背东西，背诵是他学习过程中最难跨的坎。老师们嫌弃他，父母说他不努力。自己为什么如此笨拙，连单词和课文都背不出来？！他也去看了心理医生，可是没有得到正解。

直到一次竺士杰因为胃部不适去医院检查，胃镜做完后，西医说他的胃没问题。可是胃部始终还是会反酸，没办法，他又去看中医。中医把脉后也说，他的胃部没有问题，是呼吸的问题。

“呼吸问题？”这听得竺士杰一头雾水，“什么呼吸问题，难道我不会呼吸吗？”

中医建议竺士杰到第一医院去做呼吸监测。呼吸监测一做，竺士杰吓了一跳，自己的血氧饱和度晚上只有86%！

这是什么概念呢？血氧饱和度涉及一个人的红血细胞负载或包含氧气数量的百分比。氧气是由红血细胞输送到大脑和心脏等身体器官的。如果血氧水平过低，就没有足够的氧气被送到各器官。竺士杰的血氧饱和度数值为86%，被诊断为重度呼吸暂停综合征。

困扰竺士杰多年的心事终于有了答案。

“这个病征是中枢神经方面的，影响睡眠和记忆力。我是天生的。”竺士杰知道自己的情况后，并没有焦虑，反而释然了。他终于知道，自己背不了文字，从小被别人嫌弃，是因为自己无法控制的生理疾病导致的。

那就积极配合治疗吧。

医生说要戴呼吸机，竺士杰就去买呼吸机。可是他戴不好，戴了呼吸机晚上就根本睡不了觉。

那再去看睡眠。睡眠中心的医生也没有好的办法。

那再去看五官科。五官科做了检查，说竺士杰的扁桃体到上颚造型不行，鼻梁骨堵塞。

2022 年 2 月，宁波市中小学生开学第一课，竺士杰（左五）宣讲后与现场的学生互动

那就做手术。上颚切开，重新做造型。扁桃体切掉。鼻梁骨折断，重新做造型，打通气道，让呼吸顺畅。

四个多小时的手术后，竺士杰的气道打开了。

按照道理呼吸应该好了，竺士杰可以不用戴呼吸机了吧。可是再去复查时做呼吸监测，他还是重度呼吸暂停综合征！

睡眠中心的医生再次联合会诊，最终的结果还是要竺士杰戴呼吸机。

也就是说，手术解决了一部分问题，呼吸机可以正常戴了，这让 27 岁就开始吃降压药的竺士杰的高血压得到了一定的控制。

手术也没能解决竺士杰的另一部分问题，比如嗜睡和记忆力低下。

“嗜睡不影响工作就好。只要是工作状态，精神高度集中，也不会想要睡觉。就是休息的时候，容易犯困。”竺士杰从步入职场时，就已经与嗜睡“和平共处”了。

可是，记忆力差这个问题，就没那么好解决了。

“这有个过程。”

自从得知自己的记忆力差是由于生理原因导致的事实后，竺士杰就不再自责了。

“生理问题我是不能控制的，我能做的就是想办法克服。”

这个方法就是——讲真话，说真事，表真情。

“让我背，我根本背不出来。那我索性就不背，我就讲故事。”

现在，只要是演讲，竺士杰都会准备一些图片。图片是作为提示，看到图片他就能回忆起亲身经历，故事就会泉涌而出。他会一边讲，一边看受众给他什么样的反馈。他们对哪个点有兴趣，竺士杰就多讲一点儿；观众们兴趣不多的地方，他就少讲一点儿。他笑称自己是“看图说话式演讲”。

如今，竺士杰一年三十多场的宣讲，每一场至少要讲一个半小时，他都没有稿子。靠着提纲式的关键句，竺士杰讲自己的故事，收获了无数的掌声。

如今的竺士杰，无论是集团公司的活动主持，还是参加省市各地宣讲采访，参加“两会”，都能侃侃而谈，表诉衷肠。

“害怕镜头，是不知道讲什么。如果我知道讲什么了，那镜头摆着跟不摆着都是一样的。”竺士杰已经能够从容地面对摄像机了。

“比如说开‘两会’，我带着提案去了。我有理有据，有对工人有帮助的提案，已经撰写好了，有了素材了，那我开‘两会’就很坦然。记者来采访我，我就把我的意见说出来。”

原本开小组讨论会的时候，竺士杰会语无伦次，不知道该说什么。后来，他就学习，看报纸、读书，看别的同志怎么表达，与自己身份相近的人怎么阐释。平时，他也

竺士杰（右一）与新疆维吾尔自治区阿克苏特殊儿童分享工作感悟

2023 年 11 月，大国工匠进校园活动——走进吉林长春建筑学院，竺士杰宣讲劳模精神

宁波市网信办全市网络论坛，竺士杰作“智慧码头建设 大国工匠职责担当”主题发言

开始关注民生重点、痛点、难点，特别是跟技术工人相关的事件和数据。

每当看到有用的信息，竺士杰就会剪下来贴在本子上，久而久之，他积攒了厚厚一大沓关于民生发展的资料。他对自己有明确的定位，就是技术工人。他去参加会议，认为就应该给技术工人代言，给技术工人发声，要讲就讲技术工人的现状，大家的待遇、学习的状态、休假情况、住房、子女教育这些真问题。

在担任浙江省第十届政协委员以及宁波市第十二次党代会和浙江省第十四次党代会代表期间，他向省、市党委、政协提了涉及民生保障、社会管理制度创新等方面的九件提案：《关于重视高级技工人才队伍建设的提案》《保障宁波市乡村医生劳保待遇》《加强中小学校门口交通安全管理》《推进外来务工人员保障房建设》《居民小区铝合金加工点噪音扰民问题的建议》《拆除宁波市游泳健身中心游泳池上空塑料大棚的建议》《增加民工子弟参加浙江省运动会名额》《加强社会诚信体系建设》《集卡双拖在港区内运行开放的建议》。在参会期间，他积极发声。在省、市领导参加工会界别和联组讨论会时，在如何重视浙江省技术工人的培养和提高蓝领技术工人的社会地位等方面他积极发言，得到了与会领导的肯定。2016 年，他又光荣地当选为共青团浙江省第十四届委员会委员。2019 年，他又被全国青联增补当选为全国青联委员。

当再次受到国家领导人接见时，竺士杰已经脱胎换骨，毫不畏惧镜头了。

2019 年 1 月 17 日，竺士杰被人社部授予全国技术能手的荣誉，并作为全国技术能手代表，受到国务院副总理的接见并作汇报发言。

2020 年 3 月 29 日下午，竺士杰再一次以交流的形式见到习近平总书记。得知习近平总书记会来穿山港区看望大家时，竺士杰万分期待，期盼能够当面向总书记报告当年在北京问他的问题。当年没能回答上来的问题，竺士杰记了十二年。

当天下午 3 点 30 分左右，习近平总书记在毛剑宏董事长的陪同下，来到穿山港区的员工中。当习近平总书记迎面朝竺士杰走来时，他激动不已！

“总书记好！”竺士杰高声呼喊，“再次在穿山港区见到您，我们太激动了！”

董事长介绍竺士杰是 2006 年 12 月 27 日起吊宁波舟山港的第 700 万个集装箱的起吊司机的时候，他立马向习近平

浙江省工会第十六次代表大会，竺士杰在省人民大会堂留影

中国共产主义青年团第十六届中央委员会委员选举前，竺士杰留影

总书记报告——

“我是一名码头上的桥吊司机。”

董事长又介绍，竺士杰是全国劳模和大国工匠，并曾经受到总书记亲切接见时，他立马又向习近平总书记报告——

“2008 年的时候，在北京总书记接见团员代表的时候问过我，宁波舟山港的集装箱吞吐量是不是全国第三？报

2011 年，中国人民政治协商会议第十届浙江省委员会第五次会议，在省人民大会堂留影

告总书记：我们的集装箱吞吐量已经是世界第三，货物吞吐量已经是世界第一。”

习近平总书记问竺士杰是哪里人。

竺士杰高声回答：“宁波人！”

随后，习近平总书记又问竺士杰身边的同事，大家的工作服为什么颜色不同。同事回答是因为工种不同，是修理人员和现场操作工人的区别。

习近平总书记随后说大家有什么要说的没有？竺士杰再次说：

“我们在世界第一大港工作非常自豪！”

习近平总书记和竺士杰说的每一句话，现在他都能倒背如流。

记忆力差对现在的竺士杰来说，已经不是什么大问题了。他说，只要是真人真事、真情实感，是都不会忘记的。

第十二章 机会留给『五心』人

竺士杰是个极少有应酬的“公众人物”，他说自己下了班就回家，包括班组聚餐这类活动，也是能不去就不去。家里他最牵挂的就是那一屋子的音响设备。

音乐是从胎教开始的，竺士杰说他的爸爸是电工，当年就自己做收音机和留声机，所以打娘胎里他就听音乐，尤其对古典音乐特别有感触。18 岁工作后自己赚钱了，每月一拿到工资，他就迫不及待地奔去音像店，买下之前就和老板预订好的古典音乐 CD。他买到心爱的唱片后就立刻跑回家，用父亲做的音箱收听。

再后来，光听音乐已经不能满足竺士杰了，他对音乐的听感产生了越来越高的追求，于是就决定自己动手去调试音响。

“电是音响系统的血液，它的血液越纯净，声音就越好。”某个周末，他就给家里又接了一根地线，买了一根接地棒。小区楼下，他请物业公司帮忙把那根铜棒埋到地底下，然后将一根50米的电线接到自己家，给自己的音响专门拉了一根电线与电表的电线接上。这样做的目的是让音响的接地回路更好。接地回路更好了，声音出来就更纯净。前不久，他刚更换了保险丝的材质。

竺士杰家里的音响间是他的乐园，时不时觉得有改进空间了，他就调整扩散、避震，变更下音箱、沙发的摆位，寻找“皇帝位”来试试听感有没有提升。机架也从意大利产的换到了日本产的。想到扩散板的材质对声音的影响，他就将房间全部铺上地毯，作用是吸掉地面上反上来的声音。把地面反射的声音给吸掉后，从顶上反下来的声音听感才会比较顺。“这几年不断地在捣鼓折腾这些事情，非常快乐。”说到这些，竺士杰就像个孩子一样，手舞足蹈地讲着最近又有哪些新动作。

“音乐是需要专注的，要持之以恒，要有对美好不断追求的精神，才能往深处走。你如果没有这份坚持的话，那你在这当中是得不到乐趣的。每次音箱出好声音，我都会心花怒放。”

竺士杰下班回家后，经常会躺在沙发上，打开他的音箱看看书，或者干脆就闭着眼睛听听音乐。有的时候听得激情澎湃，有的时候听得心情舒畅，有的时候听得非常安静。他的微信朋友圈还经常分享播放音乐的视频，让朋友们也能一起感受音乐的美妙。

业余时间，竺士杰另一个主要做的事就是运动。他特别喜欢运动，从小学就开始各种项目的尝试。

竺士杰 28 岁前都是“旱鸭子”，刚开始学游泳时，他逼着自己做标准的动作，但是因为技巧没掌握好，动作做得急了，换气换得不及时，体内积蓄的二氧化碳太多，就二氧化碳中毒了。中毒时天旋地转，他想吐吐不出来，手指脚趾像蚂蚁在咬一样。尽管如此，他仍然不放弃，要找到最高效、最标准、可复制的方法。当然，没有“竺士杰游泳操作法”了，可是学桥吊的经验用在游泳上同样适用。

竺士杰像学习桥吊一样，研究游泳的技术规范和操作

竺士杰是一位古典音乐发烧友，图为他在家调试音响设备

竺士杰喜获古董电子管一枚

要领。一通百通，很快他就掌握了最标准的游泳方式。“逼着自己做规范的动作，只要掌握了，我就会从一个不会游泳的人，成为现在可以轻轻松松地教会别人游泳的人。”

竺士杰教授过游泳的徒弟人数比桥吊徒弟少不了几个，徒弟们说他们师父的标准都是“稳、准、快”，无论是桥吊班的还是游泳队的。

如果看到这里，读者还会猜想是不是笔者为了要写竺士杰追求标准和规范才写他的游泳经历，那么请您再听听下面的故事。

竺士杰一直是集团工会积极分子，这是众所周知的。无论是骑行比赛、游泳比赛还是跑步比赛，只要是运动类的，叫上竺士杰，他准会参加。跳绳比赛，他还是多年的集团冠军。如果说是运动天分，当然是。但是在竺士杰看来，按照标准和规范做才是最重要的。记得他第一次参加跳绳比赛的双人赛项，需要一名男队员和一名女队员搭档，双人一起跳，看三分钟最多能跳多少个。

“当时我们自己公司先组了两队，男生我和小叶，女生两人。双人赛开始，原本是小叶和他原来说好一起跳的女队员上场的，但是小叶因为刚刚完成单人的竞速赛体力不够了，而我是在他之前就比完竞速赛了，已经恢复体力

宁波市职工运动会，竺士杰代表宁波舟山港参加自行车慢骑比赛，获第一名

竺士杰爱好自行车运动，周末骑行50公里，图为最后在奉化金娥山7公里上坡骑行中

了，那我就先跳双人。

“虽然我和那位女队员之前从未配合过，但因为我跳绳是规范和标准的，搭档的女队员跳绳也是规范和标准的，所以我们一搭就很快找到了共同的跳绳节奏，轻轻松松就拿下集团的冠军。我们的成绩是三分钟双人跳500多个。”在没有练习过就搭档的情况下，两个人跳绳能做成像一个人跳一样，就是要两人技术动作都规范和标准才行。

竺士杰参加奉化马拉松跑步活动

竺士杰的第三大爱好是摄影。摄影和音乐一样，感知是相通的，都是对美好事物的追求。2007年，妻子生下女儿，刚好竺士杰拿到浙江省“金锤奖”，组织奖励了10万元奖金。竺士杰将奖金一分为二,一半捐献出来，支持协会和单位对技术人才的培养工作；另一半留给自己，买了一台相机，给女儿拍照。“我对喜欢的事情都会去钻研，对相机的调校，包括使用、后期的修图，我都热爱学习。”

竺士杰（正在掷球者）参加宁波港集团运动会铅球比赛

到现在为止，竺士杰还一直坚持这个爱好。“经常周末的时候，家里的表妹就会求着我给她拍照”，“和妻子、女儿周末会去周边走走逛逛时，我就会给她们拍照，得到妻子的认可，那是对我最大的褒奖”。

说到自己的家庭时，竺士杰会很高兴，尤其是说到他的掌上明珠——女儿时。女儿小时候并不知道爸爸究竟是干什么的，只知道爸爸的工作单位在港口。后来女儿长大一点，知道爸爸是司机，不是开汽车的司机，是开更大型机械的司机。再长大一些，女儿看到爸爸有时候会拿回来一些奖状，偶尔也能听奶奶说电视上能看到爸爸的新闻。直到再后来，学校活动时，女儿看到舞台中央演讲的人居然是自己的爸爸。那天，爸爸演讲时说道，他曾担任2008年北京奥运会、2022年北京冬残奥会火炬手；2023年9月12日，更是作为杭州亚运会火炬传递宁波站最后一棒火炬手，完成火炬传递，并点燃亚运火炬收火盆，彼时坐在台下的女儿哭了。

女儿终于知道，为什么小时候时常见不到爸爸，那是因为他一直上倒班，有时上早班，遇上中班和晚班，自己睡觉了，爸爸还没下班。女儿也知道了，原来工作时的爸爸那么“轴”，和在家里时不一样。在家里，爸爸是最会

杭州亚运会宁波火炬传递仪式，竺士杰担任第 170 棒火炬手传递火炬

迁就家人的，奶奶想要什么、妈妈想去哪里、自己想吃什么，爸爸总是会尽量陪同和满足。而工作时的爸爸，明明已经做得很不错了，还要自加压力，精益求精，不断提高技能，不会什么就要立马学起来。女儿也终于知道，爸爸原来不是天生就能写一手好文章，更不是什么都会的。爸爸也是从什么都不懂，不会写材料、QC“小白”，通过不断地向厉害的同事请教、向前辈学习，通过不断地练习和

修改，慢慢成长为如今能够善于发现问题、总结问题、解决问题的高手，甚至是集团的 QC 做“诊断”的专家。女儿更加能体会到，为什么爸爸总是教育自己，做事要持之以恒，追求卓越，尽善尽美。因为爸爸自己就是这么做的，就连音乐、体育这样的兴趣爱好，都能坚持钻研几十年。她为自己的爸爸感到骄傲，为爸爸自强不息、超越自我的精神品质感到光荣。

竺士杰正是以汇聚自己的“初心、匠心、创心、师心、诗心”的新时代“大国工匠”的奋斗精神、钻研精神，感染着家人、朋友、同事，以及身边的每一个人。

第十四章 带出更多的劳模

宁波舟山港一体化是习近平总书记主政浙江期间亲自部署、亲自推动的一项重大改革。2020 年 3 月 29 日下午，习近平总书记考察宁波舟山港。总书记说："要坚持一流标准，把港口建设好、管理好，努力打造世界一流强港，为国家发展作出更大贡献。"在与宁波舟山港的工人代表们的言谈中，大伙儿深切地感受到习近平总书记对宁波舟山港的深厚情感和对港口发展的殷切期盼。

竺士杰那时就在职工代表队伍的最前面。习近平总书记发言完毕后，准备离开，大家簇拥着总书记向门外走，竺士杰跟在总书记身后。习近平总书记突然回头，对竺士杰嘱咐：“发挥好劳模作用，带出更多的劳模。”

“我的心情既惊喜，又激动！”

竺士杰当即高声回答——“不辜负您的期望，一定努力工作！”

2009 年，竺士杰荣获浙江省劳动模范称号；

2015 年，竺士杰荣获全国劳动模范荣誉称号。

习近平总书记特地嘱咐竺士杰发挥劳模作用，就是希望他以劳模精神为引领，让更多的职工能够像劳模一样，以脚踏实地的干劲，发挥新时代产业工人的特点，不光能干、会干，还要创新地干，为宁波舟山港建设世界一流的强港作出自己的贡献。

从此，把团队带好，让大家真真实实地去提高技能成为竺士杰的工作目标，他把工作室作为一个很重要的抓手。

“无论他是哪个师父的徒弟，无论他是哪个班组，只要他愿意，肯努力、肯上进，需要平台，我这个工作室就是平台，他就可以加入工作室来。”竺士杰说，工作室对每一位想要上进的同事都敞开大门。

宁波市教育局开学第一课，竺士杰宣讲中

“工作室是公司的工作室，桥吊班是公司的桥吊班，只要成长起来就是对整个团队的贡献。”作为大班长，竺士杰要做的事是不光要自己进步，还要带动一帮人一起努力进步。

记得当初，工作室里有位成员要参评浙江省青年杰出工匠。考核时，竺士杰是材料考评官之一。该参评者自评时只给自己打了86分。正式评审时，竺士杰看到申报者的材料后，发现有几处可以加分的地方都没加。他跟其他几位考评官介绍，说：“这位申报人谦虚了。”

竺士杰之所以能够如此肯定，并且公开向各位评审坦露自己的观点，就是因为他熟悉这位参评者，这位参评者参与了工作室的很多项目，作了不少实际贡献。“还有哪些可以加分的我都很清楚，因为是我带着他做的。有些他自己不太在意的东西，没有想到还能加分。”

在评审打分环节，作为评委之一，竺士杰按照实际情况，把该加的分数打上了。最后，结合所有评审的打分，这位青年工匠最终得到的材料考评分是100分。

“我希望通过这样的方式让你来成长，希望你可以真实地承载起来。”事后，竺士杰找到这位参评者，和他说了自己这么做的原因和目的。

说竺士杰不偏袒，还有一个例子。那次是竺士杰的徒弟代表工作室汇报 QC 成果，并接受专家评审的考核。在此之前，QC 报告书的撰写都是竺士杰亲自完成的。他把多年来积累的优秀范本和参考资料交给徒弟学习，并决定从这次开始，让工作室里更年轻的成员们主持更重要的工作。徒弟之前看过竺士杰如何撰写报告书，也现场观看过汇报，应该是有一些认知和经验的。于是，竺士杰以需要全身心主持全国大赛为由，将准备 QC 报告书的任务交给了徒弟。等大赛归来，QC 评审接踵而来时，徒弟现场的汇报却给了他一个措手不及——徒弟根本没有认真考虑 QC 报告书的撰写，而是简单粗暴地将前几次已完成的报告书稍微改一改、变一变——明眼人一看就是偷懒、投机的做法。竺士杰没顾及还在评审，就狠狠地批评了徒弟。同事们也是第一次看到竺士杰发那么大的火。

2011 年，公司成立了“竺士杰操作法推进研究室”，2015 年，又升级为“竺士杰创新工作室”，这是一个集生产、管理、技术等方面，由 40 多名优秀人才组成的“创新团队”，里面不乏高学历、高素质的栋梁。

在穿山港办公楼的 5 层，“竺士杰创新工作室”里摆放着一个按比例缩小的桥吊实体模型。这是竺士杰花了两年半的业余时间，和模型师傅一起做的。这个模型通过机电控制，可以操作还原现实的作业场景，属于仿真教学模拟沙盘。

竺士杰这个团队攻克了很多技术难关，优化了不少操作流程。他们率先在国内试行“集卡双拖平板”，这是一项提高效率、降低能耗、节约人力的技术革新，还被评为交通部第五批节能示范项目。

2015 年，团队对“桥吊一次着箱命中率”的软件开发进行了攻关。很多人可能还不明白“一次着箱命中率”的概念，对桥吊司机而言，吊具“抓住”集装箱，称为“着箱”，“着箱”一次成功，就意味着高效率与低能耗。桥吊一次着箱率检测软件在工作室成员的通力协作下，历时一年，于 2016 年初开发成功。他们将“一次着箱命中率”纳入桥吊司机绩效考核，成立了桥吊“金牌导师”团队，全面推广竺士杰操作法。据测算，从 2016 年至 2019 年，4 年来桥吊司机平均“一次着箱命中率”已经从最初的 72.6% 提升到了 79.68%。公司算了一笔账，桥吊“一次着箱命中率”提高 7%，就可以提升单机作业效率达 2.4 moves/ 小时以上。数据虽小，但放大到千万级的码头来说，就是一个不容忽视的数字。桥吊每次重新着箱需耗能

0.22 度，需耗费 0.24 元，提高着箱命中率 7% 就相当于每吊一个箱子可减少着箱 0.09 次，一千万箱就是少着箱 90 万次，可节约成本 21.6 万元。同时，按每工班 40 台桥吊、1 moves=1.5 个标箱计算，单机效率提升 2.4 moves/ 小时，一天就能多吊 3400 个标箱，那一年呢？就能多出 100 多万个标箱，相当于多出来一个多泊位的年作业能力！而建设一个泊位的初始投资就需要 10 亿元（还不包括堆场等配套设施）！这笔账，让竺士杰为自己在平凡岗位上的努力付出感到骄傲和自豪。

“着箱命中率监控系统”，填补了国内此项研究的空白，破解了“桥吊着箱命中率”的监控难题，实现了对桥吊司机作业能耗和桥吊着箱命中率的分析，并可以“还原”每一位司机在任一时段的操作“运行轨迹”。系统对每一位桥吊司机的操作手法“一目了然”，对改进操作手法、提升操作技能大有帮助。根据系统的数据显示，自系统投用以来，桥吊司机的“一次着箱命中率”逐年提升，目前已达到 80.21%，每年可节约能耗 58.52 万元。该项目获得“中国港口科技进步三等奖”“全国交通企业管理现代化创新成果二等奖”。

“桥吊司机操作效率精准测评系统应用项目”是

“德耀
道德模范走进浙
分享嘉宾：竺
浙江
共青团浙
浙江大
德耀中华
青春

竺士杰（右二）参加『德耀中华』道德模范走进浙江大学事迹宣讲会

2020—2021年开发的桥吊PLC程序，它可以自动统计桥吊作业运行的时间，基于RCMS监控平台，开发大数据将自动统计记录每位桥吊司机的效率。实施以后，精准测评桥吊司机作业效率从原有的桥吊操作时间检测准确率71.89%提高到精准率100%，该项目获得集团科协技术论文二等奖。

除了技术革新，竺士杰和他的团队还致力于优化操作流程、提升作业效率等生产管理方面的创新。“万箱船一箱节约一美元”的服务承诺，当年就为船公司节约了200余万美元，船公司称赞此举为“沿海港口的楷模”。如今，“竺士杰创新工作室”平均每年都要开展十余项课题攻关，比如“打造精品航线”“开发设备设施运维智能集控平台”“新型空箱吊具研发使用”“桥吊吊具激光式双箱检测系统开发及应用”“桥吊司机作业精准效率测评”“集装箱码头作业模型化教学平台开发”等，均取得良好成效。“提高桥吊二次故障间隔率MMBF”项目，获“亚洲质量改进优秀方案”三等奖。创新工作室获得“浙江省职工高技能人才创新工作室”“全国示范性劳模和工匠人才创新工作室”。

2022年2月10日，中国职工对外交流中心与“学习强会”联合推出“创新力量：中国劳模和工匠人才创新工作室”系列视频，竺士杰创新工作室“撑起海上丝路起点的‘桥吊状元’团队”入选。

2020 年 4 月，“大国工匠”系列丛书《竺士杰工作法》出版，11 月，根据该书开发的系列配套视频课程《竺士杰工作法——减速稳关操作法》正式发布，在全国产业工人学习平台扫码即可观看。11 月，《竺士杰工作法——减速稳关操作法》系列微课在全国产业工人学习社区课程上新于全网发行，并被全国总工会授予 2020 年度“网络职工正能量，争做中国好网民”网络正能量微课一等优秀作品。2021 年，竺士杰的事迹被编入《习近平新时代中国特色社会主义思想学生读本》，作为全国小学生思政课本读物。2023 年 9 月，《竺士杰操作法——远控岸桥操作法》完成“4.0 版本”升级，被中国工人出版社纳入“百工百法”系列丛书，即将公开发行。

作为“竺士杰创新工作室”的负责人，竺士杰在 2022 年 12 月通过浙江省人社厅的系列评审考核，获得浙江省首批“新八级”首席技师技术职称。他多次参与交通部系统国家一类大赛和浙江省一类大赛，担任裁判长及仲裁组副主任等职。2023 年 9 月他又担任了中华人民共和国第二届职业技能大赛起重机应用技术的裁判长，主持大赛并负责技能方案的起草编写编制工作，为全国交通行业技能竞赛，职工技术技能成长贡献了力量。

工作室成立以来，先后培养全国劳动模范1人、浙江省劳动模范1人、宁波市五一劳动奖章1人；大国工匠1人、全国技术能手3人、浙江省“万人计划”高技能领军人才1人、浙江省技术能手1人、全国交通技术能手6人、浙江省“金蓝领”1人、宁波市杰出工匠1人、浙江工匠3人。

随着“智慧港口”建设如火如荼地开展，智能化设备的应用已经成为大势所趋。探索“竺士杰操作法”在远控桥吊上的应用，成为竺士杰团队接下来要重点攻克的难题。

2022年4月18日上午，宁波舟山港首套“岸桥远控模拟系统”在穿山港区集装箱码头上线。该系统由“竺士杰创新工作室”和上海海事大学联合开发，可通过远控操作台3D拟真画面，一键切换“远控作业”和“模拟远控作业”两个模式，从而实现作业功能与培训功能“两位一体”。同时，该系统配备了操作辅助系统，其中的“语音指引功能”可逐步引导司机进行桥吊操作，并及时指正错误操作步骤，帮助司机培养规范的操作习惯。2022年6月，该“岸桥远控模拟系统”软件获第五届中国国际发明创新展览会金奖。

新的挑战来临。

宁波舟山港穿山港区正在进行的远程智能化桥吊改造，竺士杰和团队负责桥吊远程控制的核心技术攻关。

“原来的桥吊司机操作，是在高空作业的，居高临下，总揽全局，提前规划行进路线。现在的远控操作通过摄像

2023 年 10 月，竺士杰（右一）参加港口工匠技能沙龙

头视频摄入显示，视觉是受限的。尤其是做精准摆箱的时候，不能够提前去做全局的观察，装箱装不准、不敢全速推进、一边找一边去抓等问题都经常会出现。我发现这个问题后，就和工程部及 IT 中心联系，向他们提出把装船面图数据植入 OAS 虚拟现实动态辅助作业屏幕上，并且在显示屏幕对应船泊靠泊实际位置展现出来，这样司机就可以清晰地知道箱子摆在哪里以及运动趋势，从而选择最正确的操作。”

攻关之余，竺士杰还要思考个体和群体如何应对智能化装备替代人力这一必然趋势。

“同样是集装箱岸桥操作、抓取集装箱，一个是在现场设备 49 米的高空，另一个是在办公室里坐在办公桌前，像打游戏一样动着两个手柄，同样能完成集装箱的搬运工作。”

在实际作业过程中，由于起升高度不足，在退回来的过程中很容易会碰到装在上面的箱子，这种情况叫作“打保龄球事件”，属于重大事故，一开始一直解决不好。因为往后退时司机看不到，吊得不够高，很容易就忘记了制高点的具体高度。

但是，随着远控技术的发展，已经有了船舶扫描功

2023 年 9 月，在第二届职业技能大赛中，竺士杰（左三）担任执裁

能。当用船舶扫描计算出最高点后，会传输给设备；当吊得不够高的时候，系统就会自动发出提示并减速。从而，“打保龄球事件”得到很好的遏制。

央视主持人董倩采访竺士杰时，向他提了一个问题：“为什么你的脑子一直在转？”

竺士杰当时是这样回答的：“与生俱来的焦虑。如果自己不进步，如果自己没有手上技能支撑的话，那被机器替代就是自然而然的事情。”

第十五章 机会是难得的，但努力是可自控的

采访竺士杰的这段时间，笔者去过他工作的单位，在穿山港码头见识过大海、货轮、巨型机械的繁忙；爬上过四十多米高的桥吊，感受过他说的初冬高空中呼呼的北风；进入过他待了二十多年的那个八平方米的驾驶室，握住手柄，感受过操作 16.5 吨重吊具抓取一个空集装箱的操作难度；走进过“竺士杰创新工作室”，被满墙的荣誉、正在研发和实验中的远程大型操作系统震撼……

每一次与竺士杰对话，笔者又会觉得很真切，眼前这

2020 年元旦，竺士杰在北京国家大剧院留影

位朴实，甚至有些腼腆的人，就像邻家的一位朋友，每天穿着同样的工作服上班、下班，一年 365 天干着相似的工作，业余时间有一点自己的爱好。

竺士杰说他就是最普通的人，一名工人。

笔者觉得，他说得对；但是，也不完全对。

最后一次采访，笔者问了竺士杰三个问题，这是在他经历之外，我最想知道的。如果您也有好奇，请您听听这段最真实的对话。

笔者：你觉得你的劳模经验可以复制吗？

竺士杰：劳模精神是可以复制的，但是我的经历是复制不了的。因为我很幸运，我经历的那些事情都是跟大的时间节点吻合的，都是非常偶然的。正好是某一个时间节点需要我这样做，我做了，就有了这样的一个结果。比如从开龙门吊到开桥吊，正好是处于我们国家加入世界贸易组织的时间段，正好我们宁波港在那段时间需要有一批年轻的司机去学各种类型的设备，需要有这样的操作实践开“八国联军”机器。放在现在，就没有这样的事，现在的设备都是清一色的振华桥吊。操作法也是在一个时间节点下出来的。当时我们这个行业没有一套标准化、规范化的教材来指导桥吊司机具体的操作，我是一线工人，在具体实践中发现了一些更高效、能量化、可复制的方法，恰好被公司领导看到，并以我的名字命名了这个操作法，还进行推广。现在我的徒弟徒孙们，他们就没有做这个事情的机缘条件。

笔者：你觉得自己是幸运的吗？搜索过往的新闻报道，看到你被国家领导人接见的消息。数一数，你至今见到习近平总书记的次数有8次之多！很多人应该都羡慕你，年纪轻轻，只是一名工人，得到如此多党和国家的关怀。

竺士杰：非常幸运，非常非常幸运。我成长的过程中，遇到了很好的领导、很好的老师、很好的领路人，还多次受到国家领导人的接见、参与到国家级的活动当中，这些肯定是幸运的。如果不是老天的眷顾，我一个普通的技术工人，怎么可能有这些事？所有的这些都不是说努力就可以得来的，更是不可复制的，更多的是偶然和幸运！

笔者：如果你之前不够努力，这些机会来临时，也不会轮到你，不是吗？

竺士杰：我不否认自己也很努力，如果是一个不努力的人，他同样获得这样的机会，还是拥有不了幸运的。两方面都很重要：一是幸运，幸运是很难得的，不可控的；二是努力是可以自己控制的。我的成长经历也是自己努力

2021 年 4 月，中国共产党建党 100 周年，中宣部首场中外记者新闻发布会，图为竺士杰受邀作为新时代产业工人发言中

的一种结果。之前说到害怕镜头嘛，我也找过心理医生，没有用。那怎么办？我就学习，就是想办法把自己不懂的补上。面对镜头胆怯，那为什么胆怯？因为不知道该怎么讲、怎么表述。现在，也有记者不断地来采访我，问我工

作上取得了什么成果，那我只有实实在在地把工作成果做出来，才有东西可以讲。向他们介绍实实在在的事，我心里就是坦然的，那我接受采访时才不会紧张、不会抵触。所以，我这几年都是这么做的。

当时习近平总书记给我交代“发挥好劳模作用，带出更多的劳模”这句话以后，这三年里每一年新华社都会来找我，问我是怎么落实总书记的嘱咐的。这三年中，我确确实实是在做很多事情，确确实实是能够说出来的。新华社的魏一俊老师采访了我半年，我也有很多素材可以提供给他，把我实际做的一些事讲给他听。那他听了以后确实觉得是可以报道的，可以写出来，也是能够代表劳动模范精神的。

笔者：习近平总书记对你嘱托后，你的心态有发生什么变化吗？

竺士杰：我会给自己压力。这并不是因为习近平总书记嘱托了，我会感到焦虑。而是，我一直以来都有这一种焦虑的心理状态。焦虑是始终有的，比如，我会焦虑工作室怎么发展，怎么做出更多的创新课题来支撑起工作室再继续往前走，等等。我希望可以做得越来越好，今年比去年要好，而且要很明显的好。

笔者：焦虑时，你靠什么调节？

竺士杰：靠音乐、靠运动来适度调试自己的心理状态。

笔者：会觉得被贴上了标签吗？

竺士杰：我觉得其实不是标签。在我看来，无论是劳动模范的荣誉也好，还是“大国工匠”的荣誉也好，我都是感到非常光荣和自豪的，但我并不是要为了去维护好这些荣誉而去做什么的。在没有得到这些荣誉的时候，我也是这么干的，就是来满足自己内心的一种与生俱来的想要证明自己的心理。我就是想一年比一年好，就是想要不断地往前走。就像曾经我努力地学龙门吊，然后再努力地学桥吊。开桥吊我要开得更好，我要成为突击队队员；成为突击队队员以后，我要去解决大家心中的疑问；我要让自己操作得更轻松，要实现更高的效率；实现了更高的效率，我要把好的方法教给大家，使大家都能提高效率，大家都能够安全地操作……

就是这样的一种心理在不断地驱动自己往前走。所以，这几年工作室要有创新的项目，其实对我来讲也不是非常难，因为我有很多事情要做。我为了把徒弟教好，那我要做模型，我要去开发模型，我要去开发模拟机；我为了能够实现整个团队的技能提升，我要去开发软件，去检测

2023 年 7 月，竺士杰身穿工作服，在国家大剧院留影

整个团队的技能水平，用大数据分析、检测团队的技能水平。我今年在做的事情就是解决整个团队目前最薄弱的沟通问题——指挥手与司机之间沟通的问题。那我就会去写标准化的指挥用语，然后让大家去学、去用。我就是找到这些问题就去做，看到问题就去解决问题。只要有这些想做的事情在做，那这个工作室就能够成长，也就能够继续往前推进。

我没有劳模光环的压力。我想，只要这个事情一步步扎实地在实现，那我就有很大的获得感。

笔者：像现在的年轻人，包括你们单位的年轻人，他们不具备你刚刚讲的“好时代”的条件，你觉得他们应该如何成长呢？

竺士杰：他们的成长有时代所赋予他们的条件。比如，我的徒孙这次国赛中拿了第三名，然后我现在带的几个徒弟，他们也有很多平台，比如创新课题的平台、工作室的平台、参与标准开发的机会、国家题库开发的机会，等等，只要有机会，我就会让他们更多地参与进来。这些平台，是我当时所没有的。所以，一个时代有一个时代的特点，每个时代都会有好的平台，只要有想要奋斗的心，机会都会有的。

笔者：你目前有什么心愿或是目标吗？

竺士杰：我最终的心愿、最大的目标就是我的操作法能够扎扎实实地推广，让每个班员都能够自觉自愿地去使用，让桥吊班的团队真正做到高效作业、安全作业。

笔者：你之前很长一段时间都在做这个事？

竺士杰：是的，可这个事情是不容易做的。

笔者：难点在哪儿？

竺士杰：简单来说，在于人心。首先，每个人的想法是不一样的。其次，目前大多数的桥吊司机的文化水平并不是很高，许多人还没有那么强烈的认知欲。虽然，也会知道操作法的目的是让效率更高，效率更高后对于个人来说，最直接的好处是个人的收入会更高，对个人是有好处的。这个逻辑也是清楚的。可是，这套方法不好学。有些人会想，反正我差不多就行了，干吗要吃这份苦，干吗要去动这份脑筋？能操作就行了，得过且过。还有些人，一开始是挺有积极性的，可学了一阵子后发现，学习这个方法是有难度的，产生了畏难情绪，索性就放弃了。

笔者：学习了，效率就能提高，也会更加安全，挣的钱也会更多。肯定要学啊。这是很简单的道理吧？

竺士杰：对，我也是这样的想法，所以我一开始也

2023 年 11 月，大国工匠进校园活动走进吉林长春建筑学院，图为竺士杰在图书馆留影

宁波市职业技术学院团委到竺士杰创新工作室进行社会实践，竺士杰（右三）为学生讲解设备操作

没理解这个事情。我们有一支“金牌导师”队伍，我会跟“金牌导师”讲解操作方法的科学性和有效性，让他们做推广时有理有据，并且要带着感情色彩去做这件事。“金牌导师”就是要动之以情，晓之以理，融会贯通地把这个道理跟班组成员们讲清楚。有几位“金牌导师”去推广了一段时间以后，回来我们一起做了反馈分析。这几位“金牌导师”不约而同地反映，在推广过程遇到的阻力——许多司机会觉得差不多就行了，不需要做得太好。

笔者：面对这样的情况，你是怎么想的？

竺士杰：一开始我当大班长的时候，也不理解。但事实是，确实有的人是抵触的，他不愿意学，或者说没必要非得学，就认为差不多就行了。后来，我观察到，其实这也是客观规律。我给你打个比方，一个集体里，一定有特别优秀的，也有特别不优秀的，也有一般的。待遇是一一对应的。按劳分配的计件收入，一定会有差距。有一个合理的收入区间，这可能是个人能力的体现。当然，如果能力提高了，收入也会相应增加。也会有特殊情况，比如这个月身体的状况不是很好，工作时长由于某些原因比较短，收入会低一些。收入浮动也是合理的。在桥吊班300多人的团队里，也是有这样的一个情况在的。我作为大班组的管理者，首先要直面这种情况，也要尊重客观事实，尊重事物的客观规律性。这是一种平衡状态。我要做的，就是鼓励更多的人学习，让想学的学起来、学好。从而带动更多人，形成一个良性循环，好的氛围。也绝对不能允许“摆烂”的情况，我会尽可能地鼓舞队伍，让大家的士气提起来。你问我最大的愿望，我想就是这个。

这段时间，我正在做指挥手规范用语这件事情，也看到了难度。我将所有涉及的规范用语整理出来，每一个细节都写清楚。一共六个场景，每个场景中的每个节点该怎么说，罗列清楚。每个场景七八句话。不同的场景，有一些规范性语言也会有相通之处。这就是一份标准话语话术的材料。指挥手上岗，我是考评官，我就拿这份东西去考他们。尽管如此，也就是几句话，但有人就是不愿意讲，或是讲不清楚，甚至一脸茫然。眼下，我希望通过我的努力以及团队的努力，把这件事做好。未来，再一点一点地推进更好的事。

采访时，竺士杰领着笔者在港口转了一圈，到桥吊作业区，随机挑了一台机器，我们就上去了。

正在操作的是一位小师傅，“00后”，来自安徽。看到进来的是竺士杰，他有些紧张，没说话，继续手里的

竺士杰在 FM92 宁波新闻广播电台直播间宣讲劳模精神

操作。

竺士杰站在小师傅旁边，看了他两把操作。“不错。”竺士杰淡淡地说。

笔者问竺士杰：“你认识这位小师傅吗？”

竺士杰回答：“他的脸我熟悉，会议上见过，我没有带过他。”

但是，竺士杰很肯定地说：“他应该是我徒弟的徒弟。”

“咦？您怎么这么肯定？”笔者知道竺士杰的大班里有300多人，他亲自带的徒弟目前也就一二十个吧。他为什么那么肯定，这个小师傅是他的徒孙孙？

“看他的操作，用的是我的方法。刚才他那把减速稳关用得非常标准，之前那个长距离处理得很规范。还有一开始我看到他握手柄的方式，就知道他是学的我的方法。”

“小师傅，你的师父是谁？”笔者问。

“吴飞。”

果然！笔者没有采访到吴飞，但是知道他。他刚拿到浙江省技能大赛的金牌，是竺士杰的徒孙。

竺士杰果然厉害，看一眼就知道司机的操作水平。

“刚才你特意注意了箱子的高度，安全意识在脑子里的，”竺士杰对小师傅说，“接下来，可以考虑带徒弟了。”

得到了竺士杰的肯定，小师傅高兴极了。

小师傅告诉笔者，这是他开桥吊的第四年了，之前开的是龙门吊。

“加油！”笔者对他说。

“嗯！”他坚定地点了点头。

齿条式电梯“哐哐哐”地抖动着向下降，地面穿梭的一辆辆大卡车变得越来越大。

风声越来越弱，我们从 49 米高空乘坐电梯到达地面。

电梯门打开，四处灯火通明，黑夜就像白天一样亮。

竺士杰径直向前走着，这条路他已经走了 25 年。

后　记

2023年夏的一天，徐剑老师给我发微信，问是否愿意参与一项大国工匠的采写工作。想到在几个月前的学会新一届理事会上，作为中国报告文学学会会长的徐老师就以主旨发言的形式，向我们谈到了学会发展以及报告文学创作的形式、审美、创作队伍等话题。他鼓励更多的作家，尤其是青年作家参与报告文学创作。收到徐老师的微信，我没有想太多，秒回了“我想试试”。如今，复盘从确定参与到采访再到写作、修改的整个过程，庆幸自己是不知天高地厚就敢写“大”字头作品的“愣头青”。

我的运气很好，主要采访对象，也就是本书的主人公竺士杰是个很好的受访者。他是“80后”，有接受过包括中央电视台、新华社等各大媒体采访的丰富经验，采访他，更像是和他一起聊天。他的人生经历丰富，每次谈起来，都能远超我提前准备的采访提纲容量的十倍以上，导致我最后拿到了几十万字的采访整理稿，虽然每一个字都想要用，却又担心不能写好他的故事。

好在我的责任编辑老师对我督促有加，他会高频次地关心我的采访进度，并且悉心问询有没有遇到困难，提供耐心且温馨的帮助。能遇上这样保姆式伴写的责任编辑是作者的幸运。在农历卯兔年的最后三天，我交上了初稿，才得以能安心地跨入新年。辰龙年的一大清早，就收到责编老师的新春问候，我猜想，稿子的质量他应该算是基本满意了。

还要感谢浙江省海港集团给我的帮助，采写能进行得如此顺利，与海港集团给我提供礼貌且友好的空间密不可分。竺士杰带我去吃了他们的食堂；桥吊班的工段长开着工程车领我参观了码头，在工作室里，竺士杰又通过模型和远程操作设备给我仔细讲解操作法；我还被允许可以爬上 49 米的驾驶舱，亲自感受开桥吊；集团工会的陈晓波老师考虑到我从外地过来，去码头采访路程太远且交通不便，主动帮助联系更有利于我出行的采访地点，安排好了她就离开。

我想，这本书的内容之所以能以原汁原味的状态呈现在读者面前，与以上所说的密不可分。有故事的人物、负责任的编辑以及尊重和包容作者创作的每一个人。你们的善意和真实，将鼓励这个“愣头青”在报告文学创作的道路上继续勇敢前行。竺士杰成长、成才、成为大国工匠的故事，可能会与人们大多听说过的楷模故事不同。从一开始，我就并没有打算把他塑造成多么伟大、多么传奇式的英雄形象。在交稿的最后一刻，我甚至拿下了原本写在作品里的一个细节：竺士杰至今25年的工作经历，取得了出色的成绩，却从未主动向单位争取过一次荣誉，反而是组织上找到他，推荐他去拿荣誉，他的第一反应几乎都是推辞。他唯一一次向领导提出，是希望能让原本在同集团上倒班的妻子的岗位调动为上白班，原因是家里两位老人的健康需要妻子一直看护，而妻子的身体也因重负患上了疾病。

我所感受到的竺士杰就是一个实实在在、认认真真的人，非要说有什么不同，那就是他能够把工作中的每一件大事、小事、难事、简单事都踏踏实实地对待、勤勤恳恳地干。精益求精、持之以恒——是最难，也是最难能可贵的。

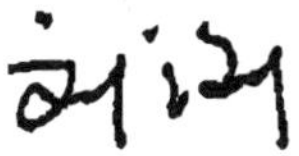

江南大学，2024 年 3 月 6 日

图书在版编目（CIP）数据

竺士杰：在高空“穿针引线”/刘浏著. —北京：
中国工人出版社，2024.4
ISBN 978-7-5008-8414-9

Ⅰ.①竺… Ⅱ.①刘… Ⅲ.①传记文学－中国－当代 Ⅳ.①I25

中国国家版本馆CIP数据核字（2024）第070497号

竺士杰：在高空“穿针引线”

出 版 人	董　宽
责任编辑	葛忠雨
责任校对	张　彦
责任印制	黄　丽
出版发行	中国工人出版社
地　　址	北京市东城区鼓楼外大街45号　邮编：100120
网　　址	http://www.wp-china.com
电　　话	（010）62005043（总编室）　62005039（印制管理中心） （010）62379038（社科文艺分社）
发行热线	（010）82029051　62383056
经　　销	各地书店
印　　刷	三河市万龙印装有限公司
开　　本	880毫米×1230毫米　1/32
印　　张	6.25
字　　数	51千字
版　　次	2024年5月第1版　2025年6月第2次印刷
定　　价	49.00元